KB235742

맨발의 겐 8

역자 **김송이**

1946년 일본 오사카에서 태어난 재일 한국인 2세. 중학교까지 일본 학교를 다니다가 고등학교와
대학교에서 민족교육을 받았다. 졸업 후 모교인 조선고등학교에서 1996년까지 교편을 잡았고, 현
재 통역과 번역을 하면서 도오시샤대학을 비롯한 일본 학교에서 강사로 일한다.

역자 **익선**

경주에서 자라 원광대학교 원불교학과에 입학했다. 원불교 교무로 활동하다가 교토 불교대학 박사
과정에 입학, 동아시아 불교의 정체성에 대해 연구했다.

맨발의 겐 8

나카자와 케이지 지음 · 김송이, 익선 옮김

1판 1쇄 펴낸날 2002년 6월 20일 | **1판 17쇄 펴낸날** 2022년 2월 4일 | **펴낸이** 이충호 조경숙 | **펴낸곳** 길벗어린이(주)
등록번호 제10-1227호 | **등록일자** 1995년 11월 6일 | **주소** 04000 서울시 마포구 월드컵북로 45 에스디타워비엔씨 2F
대표전화 02-6353-3700 | **팩스** 02-6353-3702 | **홈페이지** www.gilbutkid.co.kr
편집 송지현 임하나 이현성 황설경 김지원 | **디자인** 김연수 송윤정
마케팅 호종민 김서연 황혜민 이가윤 강경선 | **총무·제작** 최유리 임희영 박새별 이승윤
ISBN 978-89-5582-513-8 04830, 978-89-5582-507-7(세트)

맨발의 겐 8

나카자와 케이지 글·그림
김송이·익선 옮김

아름드리미디어

1950년 6월 25일

파천중학교

1-A

안녕-
안뇽~
안냥~

……
안녕—
겐—

……
……
겐, 무슨 일이야?
우거지상을 하고…

아마모리,
큰일났어.
뭐가?

넌 신문도
안 보니?
안 봐.
귀찮게시리.

넌 초등학생 때도
얼간이더니 중학생이
돼서도 얼간이구나,
똥모리야.
임마, 난
똥모리가 아냐.
아마모리야.

자식아, 언제까지
날 바보라고 무시
하면서 열 받게
할 거야?
대체 큰일이
뭔데 그래?

한반도가 남북으로
갈라져서 전쟁을
시작했어…
38도선

난 또 뭐라구.
한국 전쟁은
우리하고는
아무 상관
없잖아.

멍청한 놈,
상관이 없긴
뭐가 없어!
어어—

남의 일을 갖고 왜 그렇게 성질을 내?
우리도 또 다시 전쟁에 휘말려 들까 봐 그래.
……
……

하하하, 바보야, 한국전쟁에 왜 우리가 휘말려?
멍청아, 그러니까 넌 똥모리야.

임마, 계속 주둥이 놀릴래?
똥모리, 잘 생각해 봐라.

우리 일본 후쿠오카 현의 이따주끼 비행장에서 미군의 제트기가 날아가서 공격하고 있어.
FS-10-A

일본하고 한반도는 엎어지면 바로 코 닿을 정도로 가깝고 말야.

거꾸로 일본에 있는 미군 기지가 공격당한다고 해봐. 어떻게 될지…

그러니까 잘못하면 일본이 전쟁터가 된다는 말이야?
그래.

여태껏 전쟁과 원폭으로 죽도록 고생했는데
또다시 전쟁에 말려들어 폭격을 맞고 죽어갈 수도 있어…

그럴 순 없어. 한반도전쟁으로 우리가 죽다니…
내 말이 그 말이야.

하지만 미군 기지가 일본에 있는 이상 그 위험은 계속되는 거야.
그렇겠구나.

벌써 전쟁터에 가까이 있는 북큐슈에선 등화관제*가 시작되었고…

경계경보가 울리고…

일본이 태평양 전쟁을 할 때랑 똑같이 하고 있어.
소개*를 한다느니 식량을 사들인다느니 야단법석이래…

도대체 왜 전쟁이 터졌을까?
38선을 남하해온 북한의 행위를 유엔이 침략행위라고 본 거야. 그리고 미국을 중심으로 한 국제연합군이 침략당하는 남한을 지원해서 전쟁이 난 거래.
북위 38도
38 CEBEPHON WNPOTЫ
38 NORTHLATITUDE

왜 전쟁을 하는 걸까?
그러게. 전쟁은 절대 해선 안 되는데.

전쟁을 멈추도록 우리도 힘을 모아야 해.

와하하하하

와하하하하

아이하라, 왜 웃는 거야?
후후후, 너희는 진짜 바보구나. 전쟁은 절대 없어지지 않아.

전쟁의 역사는 고대 로마시대로부터 변함없이 계속되고 있어. 예나 지금이나 자기네 주의주장만 내세우면서 전쟁을 일으켜 침략하거나 침략 당하면서 되풀이되고 있는 거야.
그래서 인간은 발전할 수 없는 존재야.

변한 거라곤 과학의 발전으로 인해 무기만 좋아졌을 뿐이야.

빵빵— 쏘면서 전쟁하는 것도 재밌잖아.
한국이라는 나라가 어떻게 되든 무슨 상관이야?

일본이 다시 전쟁에 말려든다 해도 상관없어.
다 죽으면 어때. 깨끗하게 청소되는 거지.

아니, 이 자식! 그것도 말이라고 해?!

아이하라, 난 그런 썩어빠진 생각은 용납 못해.
흥, 어떡할 건데, 겐?

너도 평화가 얼마나 중요한지 알잖아?
칫, 유치한 소리 작작해.

난 너희같이 유치한 놈들을 보고 있으면 구역질이 나.

찰박

흥, 그게 어쨌다구?
덤빌 테면 덤벼봐. 언제든 상대해줄 테니까.

이 새끼가 내 귀한 옷에다…
이 옷은 내가 중학생이 됐다고 형들이 밤낮없이 일해서 모은 돈으로 사준 거야.

이 새끼가―

어험

겐, 그만해. 선생님이야.

제길―
겐, 언제든지 결판 내고 싶으면 상대해줄게.

방과후에 제방으로 나와.
오냐.

너희 둘은 뭘 하는 거야? 빨리 앉지 못해.

반장, 뭐해? 차렷 경례 해야지.
차려 엇―

경례!

수업하기 전에 너희들에게 부탁할 게 있다.

다들 알고 있지? 한국에서 전쟁이 터진 걸…

이 시각에도 이웃 나라에서는 많은 사람들이 고통 속에서 죽어가고 있어.

정말 비극적인 일이야.
한 민족이 서로를 죽이는 건…

난 가슴이 아프구나.

이제부터는 너희들이 일본을 이끌고 나가야 한다.
제발 전쟁을 결코 용납하지 않는 정신으로 평화를 지키며 살아가길 바란다.

그러기 위해선 정치를 잘 하는지 지켜보지 않으면 안 돼.
정치에는 아예 눈을 가리고 나 몰라라 하고 있으면 전쟁준비의 낌새도 전혀 알아차릴 수 없게 돼.

한명 한명이 정치를 감시하고
정부가 수상쩍은 움직임을 보이면 즉각 들고 일어나 바꿔주기 바란다…

평화를 지키기 위해선 모두가 엄청난 노력을 기울이지 않으면 안 돼.

모두가 평화의 탄환이 되어서 세계인의 마음 속으로 파고 들어가
평화로운 세계를 만드는 데 역할을 다해주기 바란다.

나도 평화를 지키기 위해서 라면 목숨을 걸 각오가 돼 있어.

오오따 선생님, 참 낙관적이십니다. 말만 번지르르한 이상론은 그만 펴십시오.
뭐가 어째?

전쟁은 없어지지 않아요.
인간은 언제나 싸우는 동물 입니다.

인간은 자기의 사상, 종교, 질투, 증오를 위해서라면 언제든 싸울 태세가 되어 있어요. 그러니 전쟁이 없어질 리 없죠.

개인적인 싸움이 커져서 전쟁이 되는 겁니다.
그러니까 싸움의 원인을 전쟁이라는 무력이 아니라 끝까지 대화로써 풀어가자는 거야.
그러니까 너희가 민주주의적이고 평화로운 세계를 만드는 데 더욱 노력을 다해달라는 말이야.

지금 일본의 평화헌법은 전쟁과 원폭으로 인해
삼백만이 넘는 고귀한 목숨이 희생돼서 만들어진 거야.

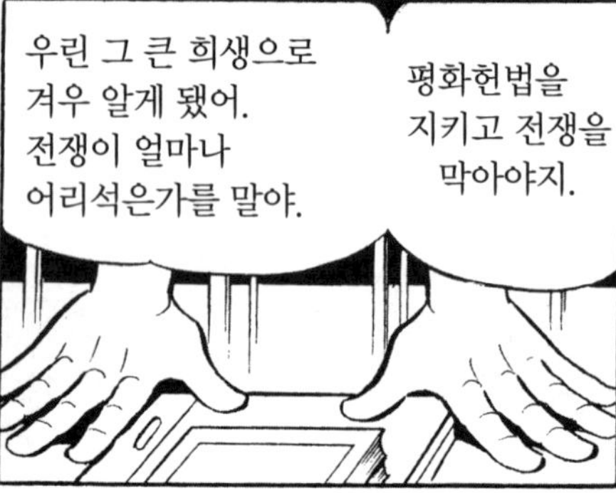
우린 그 큰 희생으로 겨우 알게 됐어. 전쟁이 얼마나 어리석은가를 말야.
평화헌법을 지키고 전쟁을 막아야지.

후후후, 평화헌법이란 게 일본인이 평화에 눈을 떠서 만든 겁니까?
미국이 준 거 아닙니까?

민중이란 건 자기밖에 생각 못하는 얼간이들이죠.
그런 얼간이들이 죽어간 거예요. 대수로운 일도 아니에요.

그리고 전쟁으로 삼백만 명이 넘게 죽었다지만
그건 인구를 줄이는 자연법칙에 불과해요.

인구가 계속 늘어나면 이 지구는 인간으로 넘쳐나게 되고,
그 넘치는 인간들 때문에 식량이 모자라고 지구는 혼란스러울 뿐입니다.

전쟁으로 사람을 죽이는 것도 필요합니다.
이, 이 녀석이.

아이하라, 네놈은 히틀러 같은 놈이야.
차별과 편견으로 가득 차 감정이 메말라 버린 기계 인간 같은 놈이야.

사람 목숨을 아무렇지 않게 생각하는 네놈은 진짜 무시 무시한 놈이다.

너처럼 뒤틀린 생각을 하는 놈이 권력을 장악하니까 전쟁이 계속되는 거야.

인간은 혼자선 살지 못해.
가족과 친구를 비롯해 수많은 사람들과 함께 있으니까 살 수 있는 거라구.

한사람 한사람을 소중하게 생각해야 해.

흥, 난 진실을 말한 것뿐이야.

선생님, 전 이런 쓸데없는
탁상공론이나 하는 수업은
받기 싫어요.

시간이 아까우니까 밖에서
달리기나 하겠습니다.

저, 저
자식.

......
......

오십년~~
인생은 짧아요~~

땡
땡 앵
땡 앵
앵

흥, 덤벼봐.

아이하라, 결판내자.

자, 받아.

겐, 난 싱거운 싸움은 안 해.

죽느냐 사느냐다.
단단히 각오하고 덤벼라.
확실하게 결판내자…

팍

야아, 바보
같은 짓
하지 마.
겐, 그만해.

겐, 간다.

삭

이야
앗.

윽—

오시오 신천지 요정
제일택시
전차
○○○상가
모자
담배가게
캐러
山
봉
자아, 자, 아무리 사고 싶어도 이것밖에 없어요.
쌩 쌩

잘 보세요. 지금 미국에서 유행하고 있는 최신형 원피스입니다.
어딜 가도 이런 건 없어요.

게다가 천이 틀려요, 천이…
정품이 찍힌 비단이에요.

어때요? 아줌마! 사고 싶으세요?

아이구, 물건을 그렇게 만지작거리면 때 탑니다요.

에헤헤헤, 머뭇거리지 말고 단번에 사세요—
먼저 손 댄 사람이 임자입니다.

얼마에 살 겁니까?
오백원이오.

아줌마, 농담하세요? 이게 오백원이면 내가 사지.

아줌마가 전쟁으로 눈이 어떻게 됐나 봐.
물건이 달라요. 물건이.

이걸 입어봐요. 천황도 새파랗게 질려 큰절하지.
아줌마가 입으면 순식간에 세계 제일의 미인이 되겠네요.

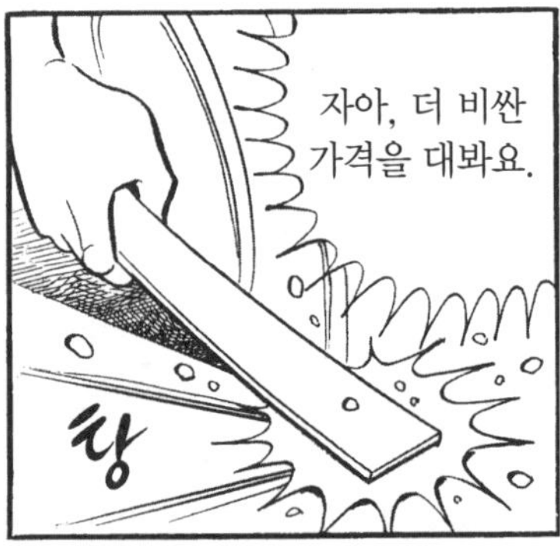

자아, 더 비싼 가격을 대봐요.
탕

*聖德太子(574~622) 백제로부터 학문과 불교 교리를 배워 일본의 불교진흥에 크게 기여한 인물. 현재는 1만엔 지폐에
초상이 인쇄되어 있는데, 그의 초상화는 현존하는 초상화 중에서 가장 오래된 것으로 백제의 아좌태자가 그린 그림이다.

이걸 아줌마한테 입히고 두 분이 산책을 나가 보세요.
당신도 두근두근, 나도 두근두근—

여보— 하고 부르면,
네에— 당신—

아저씨도 전쟁 때문에 아까운 청춘을 뺏겼잖아요.
기껏 일원 오푼 어치 돈으로 군대에 끌려 갔잖아요.

이걸 사 가지고 가서 인생을 바꿔보세요.
청춘으로 되돌아 가는 거예요.

알았다. 천원에 사마.
더 비싸게 받을 수 있는 건데, 할 수 없군요.

흥정할 시간이 없어요.
지금 교진하고 카프가 시합하고 있어서 더 팔 수 없거든요.

얼른 종합운동장으로 응원하러 가야 해요.

카프가 지금 3대 2로 이기고 있어.
아저씨, 진짜예요?

교진의 투수는 누구죠?
오오 또모지.

오오또모, 그놈이 요새 기세가 좋던데. 카프도 좀 고전 하겠네요.

시라이시는 잘 쳤어요?
오, 삼루타 한번, 일루타 한번이야.

시라이시가 잘하네요.
내가 시라이시를 좋아 하거든요. 치고 달리고 지키고 아무거나 다 잘하잖아요.

유격수 시라이시, 옆으로 뛰어서 가와까미 타구를 잡아 일루에 송구.

아웃!
카프의 승리가 눈앞에 있습니다.

만세— 만세—
멍처~엉

이겨라! 이겨라! 카—프!
힘내라! 카—프!
너도 카프에 미쳤구나.

나도 카프를 무척 좋아해. 카프가 지면 억울해서 잠을 못 자.
아저씨도 그래요?!

덕분에 난 위궤양을 앓았어.
그렇군요.

히로시마 카프는 다른 구단들과 틀리지.
비까로 몽땅 뺏기고 꿈도 희망도 잃은 히로시마 시민들이 암담한 생활 속에서 만들어낸 팀이니까.
그래요, 그래.

카프가 이기면 우리 같은 시민의 마음이 밝아지게 돼.
정말 그래요.

그런데도 지는 건 구단에 돈이 없으니까 선수들 기력이 딸려서야.
그러게요.

카프선수들은 불쌍해. 시민들이 기부한 돈으로 월급 받고 여비 마련하고 시합을 하니까.
진짜 불쌍 해요.

그런데 모두 잘 견뎌 내고 있어. 이시모또 감독도 고생이 많아.
안쓰러워서 눈물이 다 난다니까.

우리가 열심히 응원해서 이기도록 해야 해.
맞아요.

아저씨가 마음에 들어요. 이 옷 그냥 가져가요.
진짜로? 거저 주는 거냐?

괜찮아요, 괜찮아. 카프를 칭찬하는 소리를 들으니까 너무 기뻐서…
고맙 다.

류타! 괜찮긴 뭐가 괜찮아! 장사하는 거야, 마는 거야?

저 원피스는 누나하고 가추코가 밤새워 만든 거잖아!

너 맘대로
그래도
돼!?
미안해, 너무
신나서 그랬어.

멍청한 놈,
천원 손해
봤잖아.
너무 화내지 마.
저 원피스는 싸구려
천으로 만들었잖아.

얼른 시합 보러
가자.

힘내라 카프.
내가 응원해
줄게.
기가
막혀.

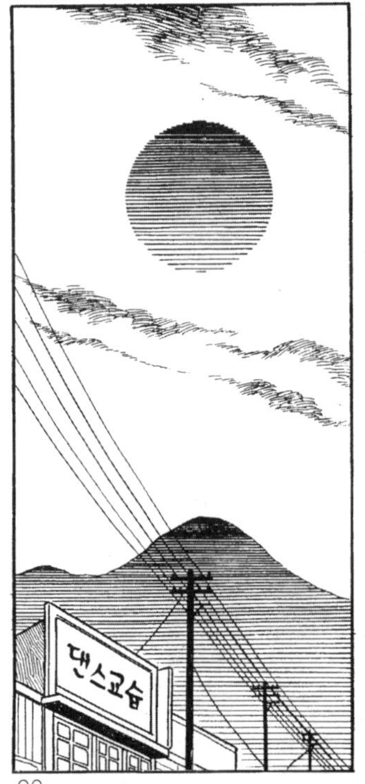
댄스교습

……
……
모
대
야채

겐 형— 지금 학교
에서 오는 거야?
원
1
공구

……
……

어떻게 된 거야?
상처투성이잖아?

같은 반의 아이하라
란 놈하고 한판
붙었어.
싸웠
다구?
전병원

류타야, 겐이 질
리가 있겠어?
그래서
이겼어?

맞아. 그 아이하라란 놈
바보 아냐? 우리 형한테
싸움을 걸다니.

싸움에는
이겼지만 진
기분이야.
왜?

아이하라, 이 자식, 큰소리치더니 그게 뭐야! 일어섯!
너같이 전쟁을 좋은 거라고 생각하는 놈한테는 절대 질 수 없어. 알았어?
하아
하아
하아
하아

겐, 내가 졌어.

자아, 날 칼로 단숨에 찔러 죽여.

야, 임마, 무슨 소리야.
난 사람 목숨을 뺏는 그런 싸움은 안 해.

그따위 허풍떠는 말은 하지 마.
난 어중간한 싸움은 안 한다고 했잖아.

죽느냐 사느냐가 있을 뿐이야!
싸움도 전쟁과 다를 게 없어.

빨리 날 찔러.
빨리 죽여.

난 지고 나서 비참한 모습을 보여주고 싶지 않아.
얼른 찔러.

임마, 죽이는 게 간단한 줄 알아?
너 진짜 돈 거 아냐?

후후후, 겐, 날 죽이지도 못하는 형편없는 자식이구나.
내가 죽이라고 하잖아. 원망은 하지 않을 테니까…

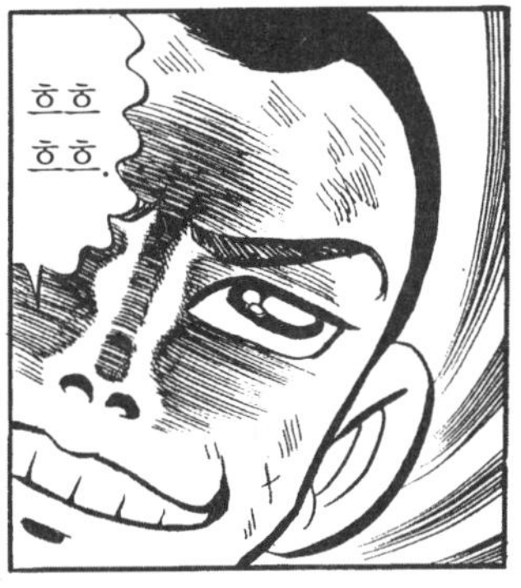
흐흐 흐흐.

……
……
흐―음, 아이하라란 놈 성깔 있는 놈이네.

처음이야. 뒷 끝이 개운치 않은 싸움을 한 건.

크아하하, 형네 반에는 별 우스운 녀석도 다 있네.

아차, 빨리 가자. 카프 시합이 끝나버리겠어.

형도 같이 가자.
지금 카프가 이기고 있대.

교진한테 이기면 형 기분도 풀릴 거야. 가자~
……
……

돈은 충분히 있어. 가추코하고 나추에 누나가 만든 옷들이 디자인이 좋아서 다 팔려. 돈벌이가 잘돼서 어쩔 줄 모른다니까.

형, 내가 살게, 가자.

이히히히, 우동을 먹고 떡도 먹고
거나하게 먹어야지.

좋아, 가자.

크아하하, 좋았어. 그게 좋겠다고 다 그랬어. 좋아요, 좋아~
하하 하~

와——아 아 아
모리나가 캐러멜
모리나가 캐러멜
모리나가 캐러멜
모리나가 캐러멜
교진 카프
오뎅
매표소

크아하하, 지금 한창 이네.
와아——아

이겨라, 이겨라, 카아프.
이겨라, 이겨라, 카아——프.
뿌——웅

저 녀석, 되게 법석 떠네.
놀리지 마요—

와—
와—
와아
매표소

히로시마카프
기부금

백원
백원
백원
원
원
원
백원

에게— 기부금
이 너무 조금
모였네.

까짓껏, 내가
기부를 하지.

류타야, 그 돈을
함부로 쓰지 마.
우리 모두의 돈이야.
구두쇠 녀석
아, 좋은 데
쓰는 거야.

우리 양장점을 만들려고
모으는 돈이잖아.
쳇,
알았
어.

십원은
괜찮지?
응.

크아하하,
이기고
있어.
모리나가카라멜
모리나가카라멜
모리나가카라멜
와
와
와
와
와
와
와

앗.

여러부—운, 내가 십원을
기부했으니까, 이기면 배불리
밥 먹어요—
바보야, 십원으로
어떻게 밥을 먹어?

저 녀석은
아이하라
아냐?
저 자식도
야구를 좋아
하나?

전당포
투덜 투덜.
투덜 투덜.
얼음 빵 전병
백십자다방

……
……
류타, 이제 끝났잖아. 잊어버려.

시끄러, 그게 간단한 문제가 아냐.

전당포
마지막 한번만 막아 냈다면 이기는 건데.
빌어먹을, 교진한테 역전으로 지다니.

속 터져. 카프가 왜 이기지 못하는 거냐구.
구단이 가난하니까 배가 고파서 기운이 없으니까 그렇잖아…

주먹밥, 네놈 탓이야.
내가 기부금을 많이 내려고 했는데

네놈이 반대하고 나섰잖아.
임마, 그게 무슨 상관 이야.

당연히 상관 있지!
카프선수들은 내가 기부금을 십원밖에 못 냈다는 걸 알고 힘이 빠져서 역전된 거야.

제길~~~ 너무해. 그렇게 말하다니. 천원을 냈으면 이겼을 텐데.
너무 억울해.

바—보, 카프에 미친 네 말대로라면 개가 선수한테 오줌만 싸도 지는 이유가 된다는 거잖아.
얼음
빵
전병
입닥쳐, 개가 뭐야? 큰일을 하는 선수한테 그런 실례를 하면 어떡해.

류타, 실력이 부족한 거야. 교진에는 좋은 선수가 많아.

가와까미, 아오따, 지바, 우노, 뱃쇼.
시끄러, 입닥쳐.

카프가 일본에서 최고야. 시라이시가 있어.
바보야, 야구는 혼자서 하는 게 아냐!
오뎅
멜
당포
……
……

그 자식이 어째서 야구를 보고 운 거지?

진짜 별난 놈이야.

형!
깜짝 이야.

형은 왜 가만히 있어? 카프가 졌는데 화도 안 나?
카프가 이기는 건 원폭에 이기는 거랑 마찬가지잖아.
비까로 어두워진 우리 히로시마 시민의 마음을 밝혀주고 용기를 주고 말야.

알았어. 알았다구.
근데 져버렸어.

네가 응원하는 한 카프는 일본에선 제일 강한 팀이 될 거야.
정말로?

형, 진짜로 카프가 일본 최강의 무적 팀이 될까?
되고 말고. 틀림없어. 네가 응원하는 마음이 선수들에게 전해져서 꼭 되고 말 거야.

크아하하, 그래, 그래. 일본의 최강팀이라…

곧 카프 구단에서 네게 감사장이 올 거야.
카아하하, 진짜?

감사장, 곤도오 류타.
네네
네네.

당신이 카프구단에 십원을 기부해 주셔서 고구마 하나를 샀습니다.
덕분에 선수들은 고구마 방귀가 뿌웅 나와 그 가스로 잘 달리게 되었으므로 이에 표창을 수여하며, 앞으로도 뜨거운 응원을 기대하는 바입니다.
예잇—

크아하하, 쑥스러워. 행복해.
바—보.

그럼, 곤도오 류타는 언제까지나 카프를 응원하는 데 목숨을 걸 것을 맹세합니다.

이—겨라, 이겨라. 카—프.
저놈은 카프가 잘 될 거라는 말만 들어도 태도가 확 바뀌네.

그런데 졌으니
오늘은 잠을 자기 틀렸다고 툴툴거리고 난리칠 만하지.

어째서 저 녀석은 카프에 저렇게 미쳐 버렸을까?
플레이 플레이 카—프 플레이 플레이 카—프

주먹밥, 좋잖아. 뭐든 희망을 갖고 미칠 수 있다는 건.

비까를 맞았다고 침울하게만 살면 숨막혀서 못 살아.

으쌰 으쌰 으쌰 으쌰 으쌰 으쌰
아니?

전쟁반대!!
민족의 독립과 평화를 쟁취하자!!
다방
전쟁반대
원폭을 허용 말자
평화를지키자
전
밀
밀크홀
쟁반대

일본열도의 미군기지화 반대—
전쟁 반대!
원

일본의 평화를 지키자—

어, 오오따 선생님!
야, 겐이구나.

전쟁을 막기 위해서라면
팔짱 끼고 앉아 있을 때가 아니야.

1953년, 히로시마에서는 원폭을 절대 허용하지 말자, 전쟁을 반대한다라는 소리가 커지면서 노동 운동이 불타올랐다…

연합군사령부는 히로시마의 평화도시 건설법 제정을 도와주는 대가로 집단으로 행진하거나 호소하는 행동 등을 제한하는 공안조례를 시에 강하게 요구하여 성립 시켰다. 그리고 히로시마시 경찰은 이 조례를 내세워 데모 등을 엄격하게 규제했다.

물러가라.
미국의
개들아.
일본을 또다시
전쟁터로 만들게
할 수 없다.

흩어
지지
말자!
물러
가라!
쟁 반대!!
독립과 평화를 쟁취하자!!
반대
원폭을

정지!
정지!
멈추지
않으면
체포한
다.

전쟁반대!
원폭 반대!
전쟁반대!
원폭 반대!

형, 전쟁반대, 원폭반대를
말하면 일본경찰이 체포하
겠다잖아. 어처구니없군.

경찰들도 전쟁과 원폭이 얼마나
지독한지 알 텐데, 다같이 반대하면
오죽 좋아?
미국이 일본을 자기 맘대로
하려면 미국에 반대하는
일본인이 늘면 곤란하잖아.
와!
와!
와!

미국 군대가 직접 나서면 일본인의 감정이 상하게 되니까
일본경찰을 이용해서 막고 있는 거야.

미치겠네, 같은 일본인이 미국의 이익을 위해 앞잡이 노릇을 하다니.
포

미국놈 장단에 놀아나는 거잖아.
그럼, 일본에 관한 일은 일본인 모두가 결정해야지.
와 와 와

박씨 아저씨가 말했어. 한국 전쟁도 미국과 관련이 있다구.

아저씨는 너무 비통해하서. 형제자매가 남북으로 갈라져서 남의 나라에 이용돼 서로 죽이고 있으니 너무 억울하대…

어째서 그런 일을 하는 거야?
미국한테 이익이 되니까, 그렇지.

일본도 한국같이 당하면 끝이야.
그래서 선생님께서 반대를 외치시는 거야.
와 와

그렇다해도 가만히 있으면 안 돼. 우리도 모르는 사이에 전쟁에 말려들 거야.
지금 일본은 패전국이니까 미국이 시키는 대로 따를 수밖에 없어.

일본 철혈당
두두두두
와 와 와 와

미국에 반대 하는 놈들을 싹 쓸어버리겠다.
너희들은 일본을 망치는 빨갱이 앞잡이들이다.

애국심도 없는 나쁜 놈들아!
미국에 협력해야만 일본이 번영을 누릴 수 있단 말야.

빨갱이 공산주의자 놈들은 우리 철혈당이 하늘의 사자로서 정의의 심판을 내려주겠다―
아악
이

저 자식은 뭐야?
우익 이야.

저것들도 미국의 끄나풀이야?
그래. 나라를 사랑한다느니 정의가 어떻다느니 하지만 돈만 받으면 폭력도 서슴지 않는 깡패들이야.
전쟁반대

올바른 의견은 애당초 무시 하고
폭력을 일삼는 저런 것들이 설치는 걸 허용하면 안 돼.

저것들이 힘을 가지면 위험해.
전쟁 전처럼 어두운 군국주의의 시대가 될 거야.
원폭을 허용말자!

폭력에 물러 서지 않는다!
팩
새꺄.

선생님

빼—앵

딱
윽.

아구
구구.
누구얏.

……
……

아니?
전쟁반대

이 새끼
야—
따
다
따

쉭

빠—
앵

으.
떠억

저 녀석. 대단한 솜씨네.
훌륭한 투수가 되겠어.

이, 쥐새끼 만한 게.

깡패 놈들아, 꺼져버려.
네놈들은 나라 사랑이니 정의니 할 자격이 없어.

너희들 우익은 미국이나 영국은 천하에 몹쓸 존재니까 죽여 마땅하다고 했어. 그리고는 정의를 위해 싸운답시고 일본을 침략전쟁으로 몰아낸 장본인이야!
전쟁반대
원폭을 허용말자
평화

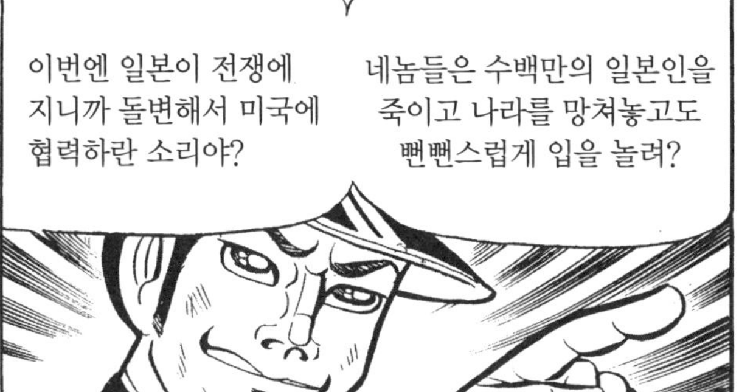
이번엔 일본이 전쟁에 지니까 돌변해서 미국에 협력하란 소리야?
네놈들은 수백만의 일본인을 죽이고 나라를 망쳐놓고도 뻔뻔스럽게 입을 놀려?

난 너희 같은 놈들을 용서 못해.

네놈들 땜에 난 부모, 형제, 친척까지 다 비까로 잃었단 말야.

그 책임을 어떻게 질 거야?

으악.
꽉

끄으
으.
부끄러운 줄 알고 사람들 앞에 얼씬거리지 맛.

야호—
나이스 피칭.
조—오타—

빌어
먹을.

아이하라,
너도 원폭고아
였구나.

으으으, 저
쥐새끼 같은
놈이.
우릴 얕잡아
보다니!

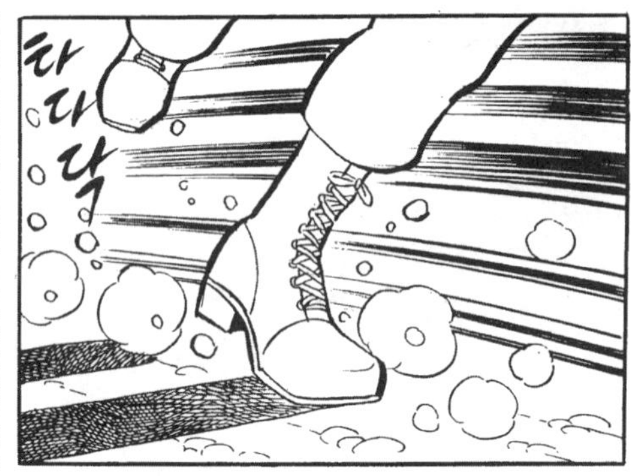

이야!
으악.

아이
하라!

아이
하라.

야―
이 자식아―
무슨 짓이야.
끼아악
으악

끄악~
아이
고~~

크아하하하, 잘했어,
형. 역시 형의 특기,
필살의 불알차기야.

아이 하라, 정신 차렷.

아이하라~
ㅇㅇㅇ.

안 되겠어. 출혈이 심해.
형, 빨리 병원에 데려가지 않으면 죽겠어.

그, 그 만둬…
날 병원에 데려가면 가만 안 두겠어.

임마, 뭔 소리야. 진짜 넌 별스런 놈이야.
아이 하라, 정신 차려.
아이교옥

아이고, 아파~ 도와줘~ 도와줘~
불알이… 불알이…

에헤헤헤, 진짜 아파요?
아… 아파 죽겠어…

불알은 알이어도 맛이 없고 불이어도 뜨겁지 않고
그늘에 두어도 빛이 검고〜〜 양반도 아닌데 수염을 길러〜 아싸, 아싸—
제발 날 병원에… 빨리〜

임마, 말 같지도 않은 소리 마.
떡

으아아악

으아악~
으아~
낄낄 낄.

이놈아, 내 살 아프면 남의 살도 아픈 줄 알아야지.
망할 자식.

너희 우익은 나라를 위해 서라면 목숨을 버리는 것도 괜찮다고 했으면서
불알 좀 깨졌다고 웬 죽는 시늉이야?

크아하하, 말이 씨가 되는 법이야〜

내과
외과 본당병원
본당병원

……
……
히로시마 의사협회
……
……

형,
저 자식
괜찮을까?
글쎄,
몰라.

난 저 자식이 죽지
않았으면 좋겠어.
저놈한테 반했거든.
반했다구?
왜?

히로시마 카프에
입단시키고
싶어…
카프
에?

저 녀석은 좋은 투수가 될 거야.
콘트롤이 완벽하고 볼의 위력이 굉장해.

내 눈은 틀림없어.
히로시마 카프에 들어가면 에이스가 될 거야. 아냐, 일본 최고의 대투수가 될 거야.

낮게 잡아도 30승은 거뜬해.
교진이나 한신이 팍팍 쓰러질 거야.

드디어 우리 히로시마 카프의 우승입니다아~
짠짜짜 자~~ 안.

만세——에에
만세——
야—
카—프—우——
멍청이

멍청아, 조용히 해.
이크.

여긴 놀이터가 아냐. 장소를 생각해야지.
칫.

선생님, 아이하라 상태는 어떻습니까?
가족이나 친척을 불러오게.

머리뼈가 깨졌어. 아무래도 오늘밤을 넘기기 힘들 것 같아.
그렇게 심해요?

아니? 그러면 안 돼.

아이하라는 원폭고아라서 혈육도 없다고 했어.
난 걔네 집을 모르는데 어쩐담. 학교 가면 알 수 있을까?

누구든지 좋아. 신원보증인을 빨리 데려와.
네에.

우와— 큰일이다. 큰일.
저 자식이 죽으면 카프가 우승 못 하는데 이걸 어쩌나.
쿵 쾅 쿵 쾅

으아— 큰일이야— 저 자식을 죽게 놔두면 안 돼.
야, 네놈은 아직도 못 알아들어? 조용히 하랬잖아.
쿵 쿵

하악
하악.

지독하
게 가난
한 집이
군.
여기가
아이하
라네 집
이지?

여보세요—
누구 없어
요—?

무슨
일이
니?
큰일났어요. 아이하라가
위독해요. 빨리 병원으로
가주세요.

넌 누구
니?
전 겐이라고
합니다.
아이하라와
같은 반
입니다.

그래. 결국
일을 저질
렀구나.
결국…
결국…
무슨
말씀
이죠?

무슨 말씀 이시죠?
그 애를 그냥 조용히 죽게 내버려둬요. 그 수밖에 없어.

죽을 데를 찾고 있었 거든.
그 애는…

아이하라 녀석도 이제야 죽을 자리를 찾았나 보군. 잘됐어. 나무아미타불. 나무아미타불.
아줌마, 뭔 소리 예요? 빨리 병원에 가자니까요.

내가 병원에 간다한들 할 수 있는 것도 없잖니…
안 갈란 다.

지금도 아이하라는 병원에서 괴로워 하고 있는데.
아줌마! 어떻게 그러실 수 있어요?

빨리 병원으로 가서 아이하라가 살아 나게 도와주세요.

용기를 북돋운다고 걔가 살아갈 희망을 갖는다면 얼마든지 그럴 수 있지… 하지만 여태껏 몇번이나 그렇게 해봤지만 막무가내였단다…

대체 왜 그런 건지 도무지 알 수가 없네요.
형, 돌았나 봐.

아이하라나 나는 비까로 가족과 친척들을 잃고.
잿더미가 된 벌판에서 만났어.

나는 살아갈 희망을 잃고 떠돌고 있었는데, 거의 넋이 나간 상태였어.
그런데 그 애가 자꾸만 뒤쫓아 왔어.

너무 귀찮아서 화를 내며 몇번씩이나 쫓아냈지만 계속 따라오는 거야.

따라오는 이유를 물었더니…

내가 자기 엄마를 꼭 닮아서 못 떠나겠다는 거야.
언제까지라도 나랑 같이 있고 싶다면서…

난 너무 안쓰러워서…

그 애를 하느님이 주신 거라 여겼어.
비까로 죽은 애가 되살아왔다고 생각하고 키우려고 마음먹었어.

그렇게 결심하고 나니까 나도 힘이 나고 살아갈 희망도 생겼어.

그 애는 머리도 좋고 상냥했어.
난 착한 애를 얻었다고 얼마나 기뻐했는지 몰라.

아이하라는 야구를 무척이나 좋아했어. 크면 프로야구 선수가 돼서 돈을 벌어
날 좋은 집에서 살게 하고 맛있는 것도 실컷 먹을 수 있게 해주고 세계 여행도 시켜주고 행복하게 살게 해주겠다고…

그냥 허풍이라고 해도 좋았어. 행복한 꿈을 얘기하면서 그런 믿음을 갖고 살았으니까.

그랬는데…
근데 어떻게 됐어요?

초등학교 6학년 때부터 몸이 아프기 시작했어. 잇몸에서는 피가 나오고…

병원에서 검사 했더니 백혈병이라는 거야.
백혈병은 현재 의학으론 살 가망이 없대.

뢴트겐 방사선을 너무 맞으면 혈액암이 되기도 하는데, 아무튼 원인을 알 수 없는 병이라더구나.

난 비까방사능이 원인이라고 생각해.

아이하라는 자기 생명이 얼마 남지 않았다는 것을 안 뒤로 사람이 달라졌어…

전쟁에 관한 책에만 푹 빠져서 읽고

밤중에 갑자기 울어대고
우아~~앙, 살고 싶어~~ 죽기 싫어~~

그리고 몇번씩 이나 자살도 시도했어.

오죽 괴로웠으면 그랬겠어. 꿈도 희망도 뺏기고
죽음의 공포로부터 벗어나려고 필사적 으로 싸운 거야.
빌어먹을 전쟁— 원폭 새끼들아—

난 최선을 다해 용기를 북돋우려고 했지만, 그 애 마음은 어두워 지기만 했어.

요즘은 사는 걸 포기 하고 죽을 자리만 찾으러 다녔단다…

나도 어쩔 수가 없었어.
전쟁하고 비까만 아니었어도 그렇게 참혹한 죽음으로 치닫는 일도 없었을 텐데…
가슴이 무너지는구나. 서로 믿고 의지하면서 살아왔는데.

그랬구나 그래서 그 녀석이…
나한테 일부러 싸움을…

으으윽. 비까는 끝까지 우릴 괴롭히려는 건가.
……
……

겐, 죽여. 날 죽여— 죽이란 말이야~~~

우익에게도 일부러 싸움을 걸었구나.

야구를 보고 운 것도 그렇고

날 병원으로 데려가면 가만 안 두겠어…

그랬어. 그 녀석은 빨리 죽기를 바랬던 거야. 한시바삐 죽음의 공포와 괴로움에서 벗어나려고 발버둥친 거야…

형, 그 녀석
심정을 알겠어.
……
……

우리도 언제
그 녀석과 같은
처지가 될지
몰라…
……
……

아~~~지긋지긋해.
어딜 가나 침침한 얘기
뿐이잖아. 싫어—
똥비까놈아—

에이씨, 전세계에
원폭을 떨어뜨려
몽땅 죽여버리자.
그러면 전쟁도
없어지고 다들 우리
마음도 알 거야.

류타, 어리석은 소리 마. 우리에겐 진보가
있을 뿐이야. 전쟁을 막아내고 비까를
막아내는 그런 진보 말야.

아이하라, 넌 인간은 싸우는
동물이고 전쟁은 절대 없어
지지 않는다고 했지만,
네 본심은 진정으로 전쟁을
미워하고 전쟁을 없애고 싶은
마음으로 꽉 차 있었구나.

형,
돌아
가자.

……
……
아줌마, 기운 차리시고
빨리 병원으로 가세요.

모처럼 좋은 투수를
찾았다 싶었는데.
제길, 히로시마
카프의 우승이 또
멀어졌어.

군시렁
군시렁.
……
……

이건 너무
하잖아. 너무
억울해…
아이하라,
이대로 죽으면
안 돼. 그렇게
만은 안 돼…

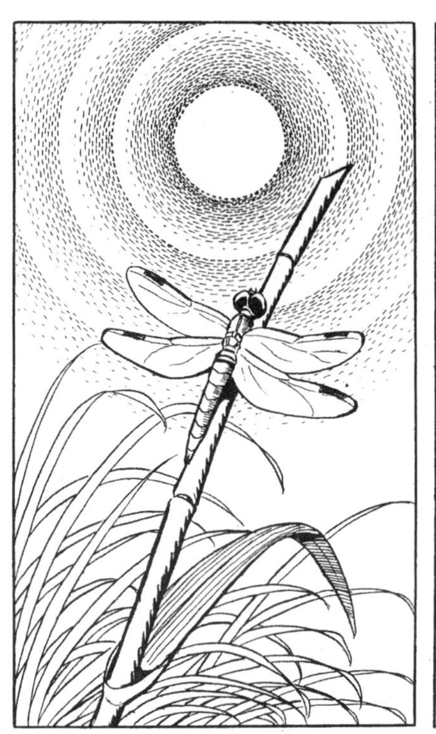

……
……
혀엉—

왜 그래?
왜 그렇게 퉁명스러워? 좀더 감격적으로 다정하게 말 못 해?

와아— 류타, 만나서 반갑다. 하늘로 날아오를 듯이 기뻐. 이런 식으로 말하라구.

넌 맨날 싱글벙글 웃는 걸 보면 고민이 없나 봐.
그런 얼굴을 두고 속편해서 좋겠다고 해.

놀리지 마. 나도 고민이 많은 사람이야.
하하하. 화내지 마. 농담이야, 농담.

무슨 일인지, 신나 보이는데?
에헤헤헤, 신나다 마다. 장사가 잘 돼서 다 팔렸거든.

게다가 어제 시합에서 히로시마 카프가 이겨서 기분이 좋단 말야.
그렇기도 하겠네. 넌 카프에 홀딱 빠져 있으니…

형은 어디 갔다 오는 길이야?
아이하라 문병하러 걔네 집에…

아이하라? 그 녀석 아직 죽지 않았어?
으응.

크아하하, 웃긴 녀석이네. 빨리 죽고 싶다고 난리 치더니 아직도 살아있으니… 머리도 부상당하고, 백혈병을 앓은 지도 두달이나 됐잖아. 난 벌써 죽은 줄 알았어.
류타야, 남의 불행을 갖고 웃는 거 아냐.

의사도 놀라고 있어. 아이하라의 생명력하고 상처 회복 속도에…

인간의 몸은 희한해. 죽고 싶어 일부러 상처를 입었는데도 몸은 회복하는 힘을 가지고 있으니까 말야.

그 녀석이 내가 문병 가니까 마구 화를 냈어.

겐, 이 자식아, 왜 날 병원에 데려갔어!
왜 날 살렸냐구! 널 가만두지 않겠어!

난 죽고 싶단 말야. 왜 날 살려낸 거야 이 망할 자식아.

아이하라, 희망을 가져. 목숨이 있는 한 살아보려고 해야 할 거 아냐.
시끄러!

너가 이대로 죽으면 너무 억울하잖아. 가치 없이 죽으려고 하지 마.
시끄럽다니까~

살아만 있으면 좋은 일이 생길지도 모르잖아.
그만둬, 나한테는 미래가 없어. 병 들어 죽어가고 있는데 좋은 일이 있을 리가 없잖아! 이 멍청한 놈아~

아이하라, 마음 먹기에 따라 즐거울 수도 있고 불행할 수도 있는 거야.
좋은 쪽으로 바꿔서 생각해봐.

입닥쳐. 넌 아프지 않으니까 멋대로 지껄이는 거야.
그따위 위로는 필요 없어.

이 자식아, 돌아가란 말야.

형, 내버려둬. 죽고 싶은 녀석은 죽으면 되잖아.

그냥 둘 순 없어. 아이하라는 친구잖아.
친구? 어째서 그런 녀석이?

전쟁과 원폭으로 어쩔 수 없이 불행하게 됐잖아. 우리하고 같은 처지니까…
……
……

류타야, 아이하라한테 살아갈 희망을 주고 싶은데 방법이 없을까?
살아갈 희망이라…
어렵군. 나더러 밥을 훔치라고 하면 생각해보겠지만, 이렇게 어려운 문제는 좀 무리야.

컴온 컴온
높에이
에이
허수아비다
타자는

하하하
이야!

어라, 저것들 엉망이군.
내가 가르쳐 줘야지.

그거야!
깜짝이야.

왜 그래? 갑자기 고함을 지르고?
후후후, 바로 그거야.

류타야, 날 좀 도와줘.
어떻게?

빨리 와.
혀엉, 어디 가는 거야?

류타, 넌 진짜 콘트롤이 좋아. 대단해.
스트
라—익
투~
크아하하, 당연하지. 내 실력이 보통이 넘으니깐.

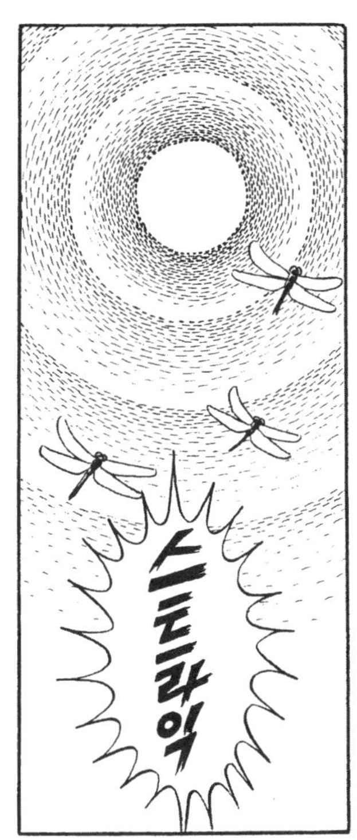
스트라익

이번엔 커브를 던진다.

크아하하, 그럼, 그렇고 말고.
이 실력이면 히로시마 카프에서 데리러 오겠어. 넌 꼭 에이스가 될 거야.

……
……

스트라—익, 나이스 커브야.
앗하하하.
뻥

닷새가 지났다.

스트라—익.
류타야,
나이스
피칭이야.
크아
하하.

……
……

류타, 진짜 대단하네.
콘트롤도 좋고 스피드도 참 좋아.
이제 대투수가 되겠어.
크아하하,
당연하지.

크아하하, 내 공은
가와까미나 아오야마,
오오시따랑 후지무라
도 쉽게 치지
못하지.
내가 히로시마 카프에 들어가서
교진이나 한신을 팍팍 해치울게,
기대하시라.

겐.

넌 매일 우리 집 코앞에서 무슨 야구를 한다고 난리야?
누구 성질 돋우려는 거야, 뭐야?

자식들아, 딴 데 가서 하란 말야.
웬 참견이야? 여긴 길거리니까 어디서 하든 우리 맘이야.

그래. 네가 상관할 일이 아냐.
시끄러, 멍청한 자식아.

멍청한 자식이라니! 미래의 대투수에게 무슨 말버릇이야.
흥, 뭐? 대투수?

가만히 듣자니까 뻔뻔스럽게.
네깟 녀석이 히로시마 카프의 대투수가 된다구? 어이구, 어이가 없어서…
뭐, 뭐라고…

네놈 오줌 같은 커브나 스트레이트가 프로야구에서 통할 줄 알아?
허파에 바람 들어서 빨리 죽는 게 낫겠다.

이놈아, 말이면 단 줄 알아?
흥.

임마, 나보다
좋은 공을 던질
수 있기나 하면서
그런 말하냐?

당연히
할 수 있지.

그럼 던져봐. 내가 네 녀석
공을 홈런으로 날려보내주마.

흥, 프로로 통하는 공이
어떤 건가 제대로 보여
주지.

자식이,
우쭐거리지
마.

야—
허풍쟁이야,
빨리 던져.

녀석, 내 공을
보고 놀라자빠지지
나 말아라.

시끄러, 쓸데없는
소리 집어치우고
빨리 던지기나
해.

씨익

간다—

먼저 스트레이트나 받아.

우웅ㅡ

파아ㅡ앙

으으으.
괴… 굉장해. 공이 안 보였어.

으아아, 아파, 엄청난 위력이야. 손이 떨어져 나가는 것 같아.

어때? 놀라지 마. 이 정도는 어깨를 풀기 위해 가볍게 던진 거야. 진짜는 지금부터야.
임마, 좀전엔 일부러 걸러보낸 거야.

흥, 지고 있으면서도 입만 살았군.
겐, 이건 커브야. 잘 받아.

…………
…………
짜—억
으윽.

굉장해. 과연 내 눈이
틀림 없었어.
본 그대로야.

어때? 프로로
통하는 공이
어떤 건가
알았지?
임마, 그딴
공이 통할
것 같아?

저게 날 얕보고
있어…
얼른 던져.
바—보 같
은 자식아.

녀석이
아직도
몰라?
흥, 임마, 좀더
괜찮은 공은 못
던지냐?

자아,
간다.

그렇게 힘내서 살아갈 희망을 갖는 거야!
아이하라, 열의를 가져야 해.

자기가 좋아하는 야구를 대하니까 눈빛이 달라졌어. 작전은 성공이야.
됐어, 아이하라 녀석이 잘 따라오고 있어.

야, 임마, 이번엔 코스에서 벗어났잖아! 볼이야.
어때? 이제 알았냐?

좋아. 이번엔 한가운데로 던져줄 테니까 쳐봐.
너희들 아직도 인정 안 할래?

간다, 칠 수 있으면 쳐봐.
쒜에에에엥
으익.
뻐억ㅡ

겐, 왜 그래. 저 자식하고 결판 내게 놔둬.
그만. 이제 그만 해.

간다.

그만해. 네 공을 계속 받다간 내 왼손이 떨어져 나갈 거야.

봐, 이렇게 부었잖아.

아이하라, 넌 굉장한 놈이야.
승부를 내고 싶거든 프로야구에 들어가서 진짜로 해봐.

넌 훌륭한 투수가 될 거야.
대단한 소질을 갖고 있어.

그래, 히로시마 카프로 들어가서 팀을 우승으로 이끌고 가줘.
너 같으면 30승은 문제없어.

너, 너희들 나한테 일부러…

에헤헤헤.
후후후.

게, 겐.
아이하라, 힘내. 끝까지 살아남아서 대투수가 되길 바래.

그래, 넌 할 수 있어. 내가 잔뜩 기대하고 있단 말야.

네가 마운드에 서서 교진이나 한신을 팍팍 삼진아웃시키는 모습을 말야…

미리 비참하게 굴지 마. 목적을 갖고 희망을 가져…
……
……

크아하하, 내가 좋은 말을 하지.

……
……
크아하하, 내일부턴 내가 코치해줄게 잘 따라 왓.

형, 돌아가자.
응.

……
……
아이하라, 야구할 때 네 눈빛이 살아 있었어.
그 어느 때보다 생기가 나더라…

……
……
힘내라, 힘내라, 아이하라.

아구구, 이걸 어쩌나. 손이 움직이지 않아. 굉장하다, 굉장해.
크아하하,

……
……

겐, 넌 진짜 좋은 놈이야. 널 잊지 않을 거야.
나도 힘낼게. 목숨이 붙어 있는 한 대투수가 되도록 해볼게.

형, 채플린의
영화는 정말
재밌다~
살 인 광 시 대
찰리 채플린의 태양관
응,
그래.

태양관
찰리 채플린의
살인광 시대
상영중
적 장 동 보
적장동보
다음에 만날 날까지
주연 오까다 네이지
다음프로
케리크 퍼블리

오늘 진짜 좋은 영화
를 보았어. 기분이
좋다~
그래.

류타, 영화 잘
봤어. 고마워.
크아하하, 괜찮아.
난 돈을 잘 버니까
말야.

앗?

이이잇~~
빌어먹을
바보 새꺄—
얼음

꺼억, 이 바보 얼간이 같은 놈아―
서 선생님, 오오따 선생님 이셔.

저 술고래가 형 꼰대야?
그래.

형, 저런 선생이 뭘 가르쳐?
임마, 들릴라.
끄으~억, 딸꾹~~

요런 추접한 꼴이라니 꽤 엉터리 선생인가 봐.
류타야, 그만해.

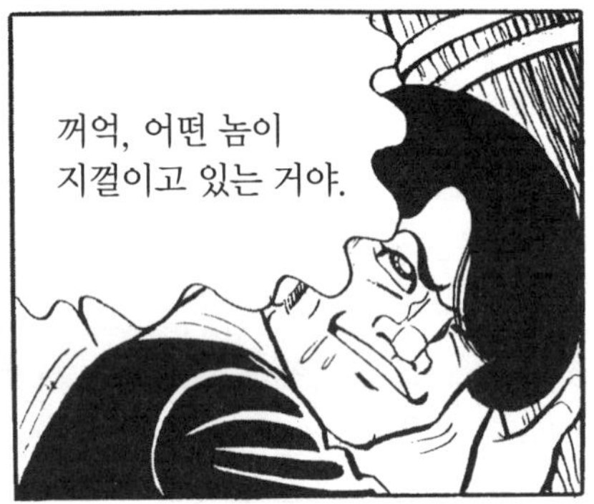
꺼억, 어떤 놈이 지껄이고 있는 거야.

꺼~억~ 내가 엉터리 선생이 되지 않으려니까 술을 마시고 취하는 거라구.
킥킥킥, 말은 제법이네.

이 자식, 용서 안 한다.
킬킬 킬킬.

선생님, 그만하세요.
이녀석은 제 친구예요.

너 넌 나카
오카 겐
아냐?
선생님, 어쩌시
려고 이렇게
취하셨어요?

겐, 난 너무
괴롭고 마음이
아프구나.
술이라도 마시지
않고선 견딜 수
없어.

네?
제가요?
좋아, 마침 잘됐네.
겐, 같이 마시러
가자.

선생님, 술은
이제 그만
하세요.
시끄러~~~어.
선생이 괜찮다면
괜찮은 거야.
얼음

나도 마셔도
돼요?
그래 사줄
테니까
따라와.

네네. 선생님께선
아주 훌륭하십니다.
일본 최고의 선생님
이십니다.
녀석, 태도가
확 바뀌는
구나.

히잇~ 아저씨~~~ 술 줘요, 술.
빨리 술 갖다 주세요. 술~ 네 것은 내 것이고 내 것도 내겁니다.
청주
정종
소주
양주

선생님, 이제 그만 드시죠.
겐, 네가 교사에게 설교하자는 거야? 잔말 마라.

자아, 너두 마셔.
전 안 마실래요.

선생님께서 그렇게 취하시다니 무슨 일 있으세요?
겐, 뭔 일이 있었냐니! 네놈이 이 세상이 어떻게 돌아가는가를 보고도 그런 말하는 거냐? 바보 같은 녀석.

난 말야, 분통이 터져. 맥아더 명령으로 일본에 경찰예비대를 만든단다. 8월 10일에 체결됐어.

그게 뭡니까?
이름은 경찰예비대라지만 실상은 군대거든.

일본은 두 번 다시 전쟁무기도 군대도 갖지 않겠다고 헌법에 규정했어.
평화로운 나라를 건설하기로 했단 말야.

근데 또다시 군대를 만들다니!
군대가 전쟁을 하는 통에 얼마나 고통스러운 나날을 보내야했는지를 벌써 잊었어…

자신들은 언제나 안전한 데 숨어서 군대 덕분에 배를 불리던 망령들이 좋아라 하고 머리를 쳐들 거야.

난 친한 친구 하고 약속했어.
또다시 일본 땅에서 전쟁할 기미가 보이면 즉각 못하게 하겠다구…

내 친구는 억지로 군대에 끌려가
미래가 창창한 젊은 목숨을 특공대에서 애석하게 날려 보냈어. 나라를 지킨다는 명분 하에 말야.

우린 둘도 없는 친구였어. 사람이 사는 동안 마음을 털어놓을 수 있는 친구가 한 명만 있어도 굉장한 행운이란다…

그런 소중한 친구를 군대란 놈이 빼앗아 갔어.
난 너무 괴로워.

게다가 전쟁에 지고 히로시마로 돌아와 보니 부모 형제들이 원폭으로 모두 살해당해 버렸어.

난 내 친구와 가족들의 죽음을 절대 헛되지 않게 하리라 맹세했어.
평화를 위해 목숨을 걸기로…

그런데 말야, 더 속이 뒤집히고 못 참을 일이 생겼어.

원폭이 투하된 8월 6일에 하기로 한 평화를 위한 집회를 경찰이 금지시킨 거야.

왜요?
미국이 한국에서 전쟁을 하고 있으니까 평화를 위한 집회 같은 건 할 수 없다는 거지.

한심해! 일본인은 모자라도 한참 모자라…
아무리 그래도 그렇지, 히로시마 경찰이
평화를 원하는 사람들을 단속하다니,
이게 말이 되냐구!

그렇게 어이없는
일이 있다니! 평화를
원하는 게 어때서…

불과 5년 전에 일본은 온통
잿더미 속에 시체들만 즐비했는데,
그건 죄다 잊어버리고 또다시
전쟁 기미가 슬금슬금 보이기
시작하고 있어.

교사란
사람들도
전쟁 중에
학생들
에게
일본은 신의 나라이고
천황은 신이니까 전쟁터로
가서 천황을 위해 아낌없이
죽으라고 가르친 게
고작이야.
그런데도 전쟁에
지고 나서는 반성
도 없이 교단에
서서
학생들을
가르치는 놈들이
수두룩해.

그러니
그들이 평화
를 가르칠 리
만무지.
그런 교사한테서
배우는 학생들도
무서운 존재가
되어가고 있어.

지금도 전쟁을 즐기는
학생들을 기르고 있다는
걸 생각하면…

억울하고 한심해서
술을 마시지 않으면
견딜 수 없어.

선생님, 아까 채플
린의 살인광시대를
봤어요.
영화 속에서 채플린
이 한 말이 가슴에
와닿았어요.

어떤
말인
데?

거리에서 사람을
죽이면 살인자가
되어서 사형을
받지만,
전쟁에서는 적을 많이
죽일수록 훈장 받고
영웅도 된대요.

전쟁이란 이유를 내세워
사람을 죽여도 괜찮다고
하는 건… 정말 미친
짓이에요.
정종
소주
양주

우린 한사람 한사람의
목숨을 소중하게 깊이
생각해야 한다고
느꼈어요.

그거야, 그걸 진지
하게 생각하지
않고선 전쟁을
막아내지 못 해.
전쟁을 일으
키는 건 바로
인간이니까.

그리고 월드뉴스 영화를 보고 정말 놀랐어요.
뭘 봤는데?

이탈리아에서 전쟁을 일으킨 무솔리니의 시체를 매달아 놓고…

전쟁을 일으켜 자신들을 고통 속에 몰아넣은 놈은 용서할 수 없다면서 돌을 던지더라구요.

게다가 시체에 줄을 달아 거리마다 끌고 다녔어요.

분노한 시민들이 전쟁을 일으킨 책임을 추궁하며 사정없이 걷어찼어요.

일본은 반대잖아요. 전쟁을 일으킨 놈에게 국민들이 잘못했다고 울고불고 용서를 빌었잖아요. 어이없어요.

일본인은 너무 멍청해.
전쟁을 일으킨 책임자를 영원히 잊으면 안 되는데…

에잇, 부아가 나서 죽겠네.

벌컥 벌컥 벌컥

벌컥 벌컥 벌컥

오잉? 형, 괜찮아?
벌컥~

나도 술이라도 먹어야 견디지.
아저씨, 술 떨어졌어요. 빨리 술 줘요~

학생이 술 마셔도 괜찮겠니?
꺼억, 걱정 말아요~ 선생님께서 허락하셨어요.

벌컥 벌컥 벌컥 벌컥 벌컥 벌컥

딸꾹.
이히— 좋다~ 기분이 붕붕 뜨네?

야, 이놈아, 그만해.
걱정 말아요~~ 선생님, 째째하게 그러지 마세요.

이야—
이놈들아—
어디 붙어보자—
세계의 전쟁광들아—
덤벼보라구—
내가 박살을 내주마,
멍텅구리들아.
얼레? 어쩌지?
완전히 취했네.

야—술
내놔—
어서!
겐,
그만해.

시끄러,
잔소리 맛.
바—보새꺄.
기가 막혀서,
원. 이 녀석
술버릇이
형편없잖아.

이봐요— 오오따 선생님,
헛방귀 뀌듯 풍풍 한숨
쉬지 말라구.
힘내야지.
좌절하지 마.
멍청아.
아, 알
았어.
킬킬
킬~

좋아. 내일은
우리랑 같이 행동
하는 거다!
임마, 뭘
하는데?

잔말 마— 날 따라
오기만 하면 돼.
알았나? 멍청아!
알았다.
알았어.

1950년 8월 6일. 히로시마 원폭기념일에는 경찰관 삼천여 명이 시내 곳곳에 배치되어 평화를 원하는 집회를 제지하였다.

따—앵

시이작—
전쟁과 원폭에 쓰는
돈과 힘을 평화를 위해 사용하라—
전쟁반대
반대
까지

평화를
평화를 지키자
평화를

가추코하고 누나, 밑만 보고 있잖아. 부끄러워하면 안 돼.
당당하게 가슴 펴고 걸어.

응.
평화를
평화를
알았어, 겐…

선생님, 우린 끝까지 평화를 향해 나아갈 게요.
그래야지. 평화의 발자국을 이 땅에 확실히 찍어놓자.

자아, 여러분 물러서지 맙시다.
와!
와!
전쟁반대
원폭 반대
원폭 반대

같이 가요—

하악하악,
너희가 평화행진을
한다기에 뛰어왔어.

하악
하악.
평화를
지키자
아이하라,
왜 그래?

너어 괜찮아?
비틀비틀
하는데?
하악하악,
겐, 나도
같이 할래.

좋아.
아이하라,
출발이다.
겐, 난
물러서지
않을
거야.

난 괜찮아,
쓰러지지
않아.

우리는
원폭을 용서
할 수 없다.
우리는 전쟁을
용납할 수 없다.
전쟁반대
시이
작.
뜨때―앵
원폭 반대
지키자
키자
지키자

때앵
때앵
때앵
이때 경찰예비대는 자위대로 이름을 바꾸고 세계에서도 손꼽히는 무기를 마련하여 일본 땅에 그 뿌리를 박았으며,
때앵
때앵
원자폭탄은 수소폭탄으로 바뀌어 엄청난 파괴력을 갖게 되었다. 지구를 7번씩이나 부술 만큼의 핵무기가 만들어지고 그 보유국이 늘어나, 세계는 광기의 시대로 치닫게 된 것이다.

때앵
겐과 뜻을 함께했던 사람들의 소원은 허무하게 무너지고 있었지만… 그래도 굽히지 않고 평화를 바라는 행진을 계속했다… 전쟁과 원폭의 참화를 절대로 잊지 않기 위해…
앵 반대
폭 반대
폭 반대
반대

히로시마가 보리밥 먹을 때~ 시골에서
는 쌀밥을 먹네~ 이 시대의 격차는
마음의 격차로세~ 히로시마 부기우기
아싸~ 부기우기 부기우기~~

파천중학
바보들이
야-

파천중학의
바보들아—
교실도 없어서 남의 걸 빌려
쓰는 거지학교야— 거지
학교의 거지새끼들아—

이놈들아,
한번만 더 그런
말하면 가만
안 둬—
이야— 성질
나냐? 거지학교
거지새끼야—

제길.
아마모리야,
그만 둬. 저런
꼬맹이들 상대
하지 말고.

겐, 너는
화도 안 나?
진짜로
그런 걸 뭐.

우린 대학의 빈 교실을 빌려서 1학년부터 3학년까지 다 흩어져서 수업하잖아.

게다가 운동장 가운데는 쓸 수도 없지. 조금이라도 떠들썩하게 놀면 욕먹기 일쑤지. 너무 화나지 않니?

그야 그렇지만.

때ㅣ앵
때ㅣ앵
때ㅣ앵
때ㅣ앵
때ㅣ앵
때ㅣ앵

노력
어험, 오늘은 너희들에게 섭섭한 얘기를 해야겠다.

내가 이 반을 맡은 기간은 비록 짧았지만 다들 잘 따라와 줘서 고마왔다…

근데 오늘로 이 학교를 그만 두게 됐다…

오오따 선생님께서 그만두셔요?

선생님이?
무슨 일이야?
술렁 술렁
선생님께서?

왜요? 오오따 선생님, 왜 그만두시는 거예요?
그래요. 왜 그만두시는 거죠?

으음… 여러 모로 사정이 있단다.
나도 사실 괴롭지만 할 수 없구나.

선생님, 안 돼요. 전 선생님이 좋아요.
그래요. 나도 선생님을 좋아해요.
나도 선생님을 좋아해요.
나도 요.
나도 그래.

선생님, 안 돼. 그만두면 안 돼요.

선생님, 부탁이에요. 그만두지 마세요.
안 돼요. 선생님.
그만 두면 안 돼요.

난 진짜 행복한 사람이다. 너희가 그렇게 말해줘서.
그렇지만 그만두기로 이미 결정이 났단다… 다들, 날 용서해주길 바란다…

비겁해요! 우릴 버리고 가시다니요.

버리고 가는 게 아냐…나도 새출발 하려는 거야…

부탁한다. 알겠지?
담임은 바뀌지만 날 생각 하는 마음으로 열심히 해주기 바란다…

뚜벅 뚜벅

오오따 선생님.
선생님.
오오따 선생님.
선생 님.

조~~용
노력
용기

파천중학교

오오따 선생님뿐이었어. 한번도 화내지 않고 친절 하게 가르쳐주신 건…
정말 그래.

다른 선생들을 봐봐. 직업과의
가따야마 선생은 태도가 나쁘다고
툭하면 주판 위에 꿇어앉히잖아.
주판알이 다리에 박히도록 말야.
그건 무시무시한 고문이야…

영어를 가르치는
히라오까 선생은
걸핏하면 따귀를
때려. 어찌나 세게
때리는지 흔적이
오랫동안 남아.

군대를 제대하고 온 체육과
선생은 홀라당 옷을 벗기고
때린 후 운동장을 뺑뺑 돌리잖아.
부끄럽고 창피하게 말야.

국어과의 히로까와 선생이 하는 짓은
또 어떻고. 교무실에 세워놓고 여러
사람의 구경거리로 만들어. 진짜 화가
난다니까.

그러고도 사랑의 채찍이래.
하나같이 우리가 귀여워서
그런다고 그럴 듯하게
말하잖아.

웃기네, 진짜
당하는 자는 평생
잊을 수 없는데
말야.

정말
야.

부부싸움의
분풀이를 우리
한테 하는 거야.

그런 걸 생각 하면 오오따 선생님은 정말 좋았어.
매로 가르치는 사람은 교사로서 자격이 없어. 선생님은 절대 때리지 않고 진심으로 가르치려고 하셨어. 인간은 돼지나 말이 아니라면서…
훌륭한 선생님 이야… 좋은 분인데…

내가 수학을 못한다고 했더니 집까지 오셔서 정성껏 가르쳐주셨어.
그때부터 내가 수학을 좋아 하게 됐어.

난 여태껏 선생들한테 한번도 칭찬 받은 적이 없었는데, 그래도 오오따 선생님만은 칭찬해 주셨어.

지붕 위에 있는 참새 둥지를 떼러 갔다가 들켰거든. 난 된통 맞는 줄 알았는데

사람은 한사람 한사람 얼굴이 다 다르듯이 재능도 모두 다르다,
넌 장난치는 데 천재가 되라고 하셨어. 어찌나 기뻤는지…

그런데 왜 그렇
게 좋은 선생님
께서 그만두셔
야 하는 거지?

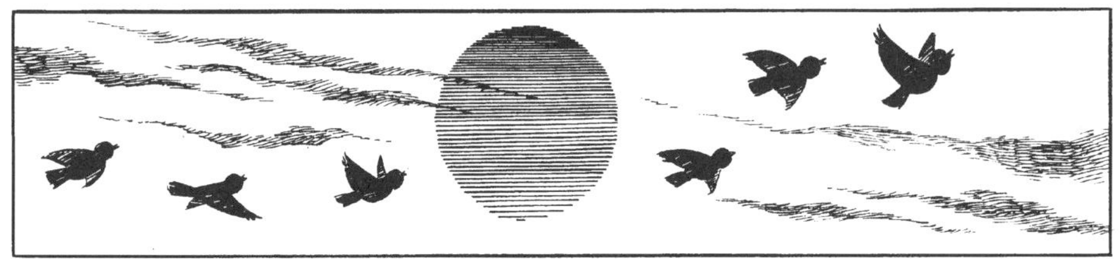
히로시마가 보리밥 먹을 때~ 시골에서
는 쌀밥을 먹네~ 이 시대의 격차는
마음의 격차로세~ 히로시마 부기우기
아싸~ 부기우기 부기우기~

십일장
행운의 거리
자매이야기
도쿄 유락좌

잡아요— 잡아아—
이게 오늘 남은
마지막 물건입니다.
한번만에 정합시
다아—
자아—
갑니다—

천원
에
사실
분?!
내가
살게.

좋아요, 아저씨 배포가 크시네요. 어제 히로시마 카프가 이겼으니까 기분으로 이백원 깎아드리죠.
진짜냐?

아저씨, 멋있는 옷을 사신 거예요. 이걸 아줌마한테 입혀보세요.
감사하고 감격해서 눈물 콧물 빠뜨리며 오늘밤 사랑이 넘칠 거예요—

당신도 싱글벙글, 나도 싱글벙글, 웃음꽃이 만발한 집에는 럭키 컴온, 컴온.
일본 전역에서 축하를 하고 온 세계로 알려져서, 왓하하, 당신은 지구에서 일본에서 제일 멋있는 남자예요~

후후, 류타 녀석은 말도 잘해.

자아, 끝났어요— 내일 또 올 테니까 계속 사줘요.
○○상점

주먹밥, 가자.
가추코하고 누나의 디자인이 좋아 잘 팔려.

빵

어이~ 제 앞을 가시는 분은 나카오카 겐 씨가 아니신지요~~
그냥 지나치다니 너무 쌀쌀맞군요~~~ 제 얼굴을 잊은 건 아니겠죠~~

야, 류타구나. 오늘은 여기서 장사했냐?
싫어~ 싫어~~~ 날 잊다니 너무해요~ 너무 슬퍼서 겐 씨가 하는 말이 안 들려용~~
후훗.

왜 그래? 심각해 보이는데…

으응… 우리가 좋아하는 선생님께서 학교를 그만두신대… 가슴이 아파
선생님?

아아! 그 오오따란 선생? 술에 취해서 경찰예비대가 만들어진다고 분노하던?
그래.

그만두겠다는데 할 수 없지, 뭐.
난 선생님 하숙집으로 찾아가서 그만두지 말라고 부탁해볼 생각이야…

형도 참 여전하네. 남들 일에 왜 나서고 그래?
그 선생이 그렇게 좋아?

난 말야, 올해 첫번째로 미스 일본으로 뽑힌 야마모또 후지꼬 같은 미인 여선생이
류타 씨를 너무너무 좋아해요~~하면서 뽀뽀 해주면 필사적으로 말리겠지만 말야…
미스일본

꼬─옹

무슨 짓이야? 형!
네놈은 수준이 너무 낮아.

뭐라구? 그 말 취소해—
오오따 선생님은 이상이 있는 분이야. 이상이 없는 교사는 쓸모가 없어.

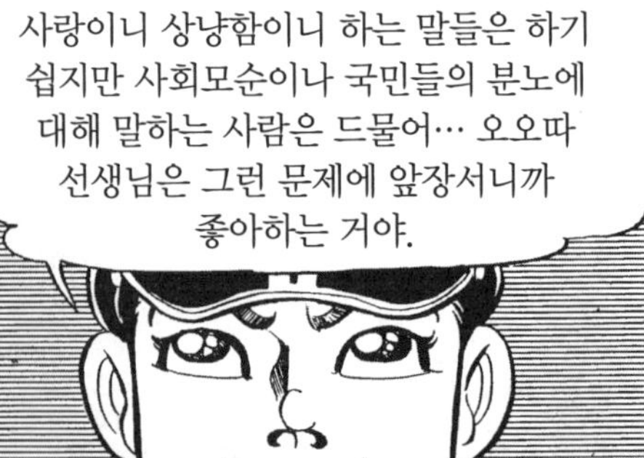

사랑이니 상냥함이니 하는 말들은 하기 쉽지만 사회모순이나 국민들의 분노에 대해 말하는 사람은 드물어… 오오따 선생님은 그런 문제에 앞장서니까 좋아하는 거야.

네네, 그래요, 우리 형 말이 맞다고 영희도 순자도 말했습니다.

형, 너무 심각하게 생각하지 말고 우리 집으로 와. 내가 한턱 쏠게.
그러자, 가자, 겐.

에헤헤헤, 양키놈들 양주가 있어. 가자 가자.

히로시마가 보리밥 먹을 때~ 시골에서는 쌀밥을 먹네~ 이 시대의 격차는 마음의 격차로세~ 히로시마 부기우기 아싸~ 부기우기 부기우기~~

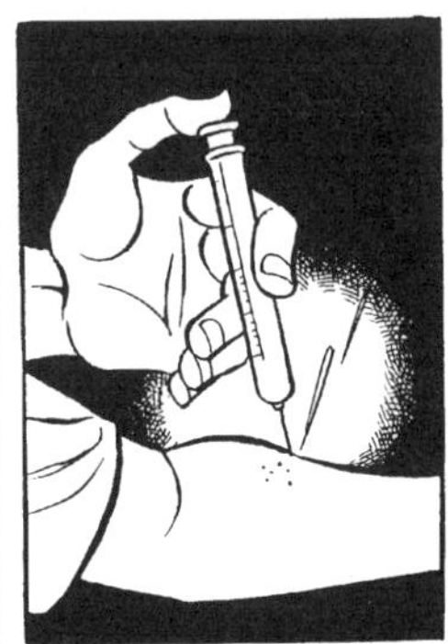

저 녀석 뭘 하는 거지? 저거 주사 아냐…?
아아~ 뽕 맞는 거야.

뽕?
그것도 몰라? 시대에 한참 뒤떨어졌네… 지금 일본에서 대유행하는데…

정식으론 히로뽕 이라는 건데 각성제야. 군대에서 사용하던 거래.
군대에서?

그래, 병사들이 전쟁에서 적들과 싸울 때 무서워 하면 안 되잖아.
그래서 히로뽕 주사를 놓아서 싸울 용기를 내고 흥분 하도록 했대.

일본이 전쟁에 졌으니 히로뽕이 많이 남았잖아.
약국에서 도 팔아.

저걸 맞으면 기분이 좋아 진대.
히힛.

난 주사가 질색이라 맞을 생각이 없지만…
그래, 난 맛있는 걸 먹는 게 더 행복해.

몸에는 괜찮은 거야?
중독이 되면 머리가 돌아서 죽기도 하는데, 그런 사람이 수두룩해.

에헤헤헤, 저놈도 곱게 죽진 못할 거야.
별 게 다 유행하네…

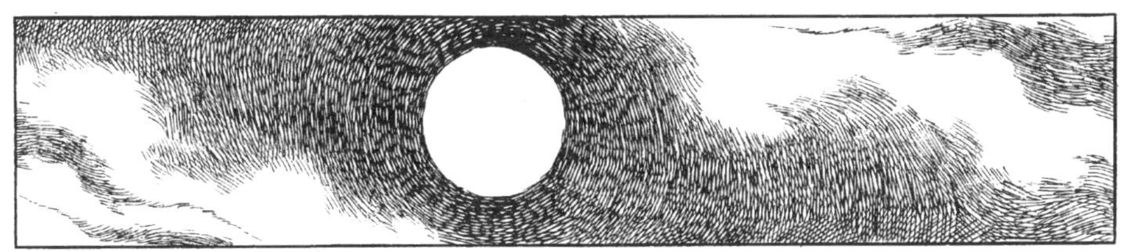

아아아아악

히잇, 이 술은 너무 독해.
진짜라서 그래. 형, 취한 김에 노래 한 곡 뽑아봐.

그럴까. 취기가 도니까 기분 좋네.

누나랑 가추코도 잘 나가는 양재사가 됐고, 류타랑 주먹밥은 옷을 잘 팔고, 이제 양장점을 낼 자본도 모았으니까 축하노래나 하나 할까.
그래, 불러봐. 얼른.

누나, 가추코, 좋지?
응, 겐, 고마워.

……
……

누나, 왜 그래? 안색이 안 좋은데?
으응, 좀.

으으윽, 아, 아파— 아파—

아악— 아파 죽겠어—
왜 그래? 나추에 누나!

산중병원
내과
외과
소아과
산중병원

으아~암

아하~암

아ㅡ함

새꺄, 건방지게 흉내내?
깨갱~

아하~함, 졸려—
아하함— 밤을 새웠더니 졸음이 쏟아지네…

아하함, 졸려 죽겠군.
겐, 나추에 언니는 괜찮을까?

으응, 의사선생님이 괜찮다고 했잖아…

만약 누나를 죽게 놔두면 가만 안 둘 거야.
그래, 반송장을 만들어버리겠어.

정말 가슴이 철렁했어. 누나가 급성 맹장염이라니.

조금만 늦었어도 누나가 죽을 뻔했어. 얼른 병원으로 데려가서 다행이었어.

110

난… 언니가 죽으면 견딜 수 없을 거야. 이제 겨우 둘이서 양장점을 열게 되었는데…
울새 양장점
울 새 양

가추코, 너무 그러지 마. 맹장염이니까 2주일만 있으면 나을 거야.
그러면 괜찮지만.

내가 누나를 절대 죽게 놔두지 않을 거야.
비까로 죽은 에이코 누나라고 생각해왔는데…

류타야, 너도 누날 잘 돌봐줘.
맡겨둬. 원폭으로 고아가 된 우리가 서로 힘을 모아 살아왔잖아. 우린 친구고 친형제야.
그렇고 말고.
밀크

아하함— 너무 졸려. 돌아가서 빨리 자야지…

그럼, 난 갈게. 잘 가.
형, 어디 가?

오오따 선생님 하숙집에. 학교를 그만 두지 마시라고 부탁 드리러 가는 거야.
그으래, 학교는 안 가는구나.

오늘은 땡땡이 칠 거야. 선생님이 안 계시는 학교는 재미없어.
그럼, 잘 가, 형.

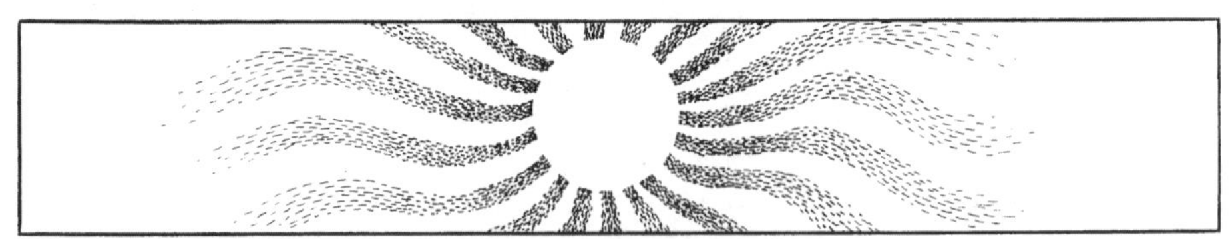

자아, 자— 싱싱한 생선 이요~
차입하

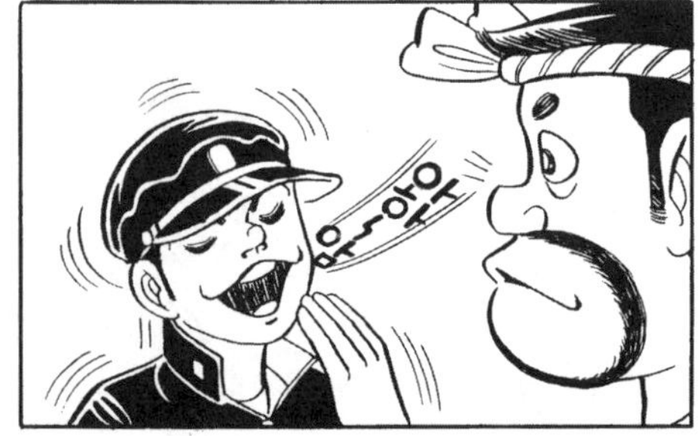
으아

학생, 가게 앞에서 왜 비틀거려… 히로뽕 맞은 거 아냐?

뭐욧? 병원에서 밤 새워 간호하느라고 잠을 못 자서 그래요! 내 얼굴이 히로뽕 맞은 얼굴로 보여욧!
하하하, 화내지 마.

아저씨, 오 오따 선생님께선 계시나요?
넌 선생님 제자니?

선생님은 계시긴 하지만…
요샌 통 밖에 안 나오시고 방안에만 계시는구나. 나도 걱정이란다.

하여튼 안으로 들어가 보렴…
네.

선생님, 선생님 계셔요?

안 계시나?

하모야
염산메칠화라민

선생님!

게…겐.
선생님, 무슨 짓이에요. 이런 바보 같은 짓을 하시다니…

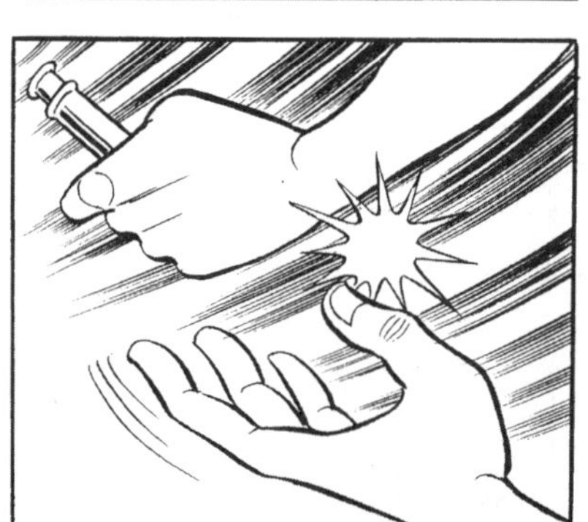

시끄러, 네가 상관할 일이 아니야. 돌려줘!

선생님, 제가 선생님을 잘못 봤나 봐요. 이런 쓸데없는 데 손을 대다니…

선생님, 이건 엄청 무서운 약이잖아요. 사람을 미치게 하고 폐인으로 만든다구요.
네가 말 안 해도 알아.

나도 미쳐 버리고 싶다구.
선생님, 무 무슨 말씀이세요?

선생님, 대체 왜 이러시는 거예요?
……
……

입닥쳐, 근데 넌 뭐 하러 왔어? 얼른 돌아가.
난 선생님께 학교로 돌아오시라고 부탁드리러 왔어요.

흥, 쓸데없이 참견하지 마.
전 선생님께서 학교로 돌아오신다고 말씀 하실 때까지 꼼짝 않겠어요.

선생님, 제발 부탁이에요. 돌아와 주세요.
우리 반 학생들이 모두 선생님께서 돌아오시기만 기다리고 있어요.

이놈아, 강제로라도 쫓아낸다.
아아― 좋도록 해보시죠. 전 어떤 일이 있어도 움직이지 않을 테니까요.

부탁이에요. 우린 다 선생님께 배우고 싶어해요.
……
……

전 평소에 교사란 직업은 다른 월급쟁이들과 다를 거라고 생각했어요.

선생님, 왜 학교를 그만두신 거죠…?

그런 중요한 직업을 자신의 사정만을 내세워 멋대로 그만두려면
아예 교사가 되지 말았어야죠!

교사는 미래를 짊어지고 나아갈 젊은 세대를 키우는 중요한 직업 아닌가요…?

시끄러, 말 같지도 않은 말하지 마.

선생님은 교사란 직업을 가볍게 여긴 거예요? 그렇게 쉽게 생각하고 교사가 된 거라면, 전 선생님을 경멸할 거예요.

선생님은 무책임하게 그만두셨잖아요.
뭐가 말 같지 않아요? 전 제가 생각한 걸 말씀 드린 거예요.

겐… 난 개인 사정으로 그만둔 게 아냐. 해고 당한 거야.
해고요?

그랬는데 말야, 그런 내 직업을 빼앗겨서 얼마나 억울한지, 그 괴로운 마음을 네 녀석이 알기나 해?

난 교사란 직업을 좋아하고 긍지를 갖고 있어.
내 평생을… 교사란 직업에 걸 생각 이었어…

그럼 문부성
이요?
그것보다
더 큰놈
이야.

누구예요?
선생님을 해고
한 놈이…?
교장
입니까?
교육위원
회입니까?
그런 피라미
들이 아냐.
더 큰놈이야…

더요? 더 이상은
없잖아요… 일본
정부밖에…

일본을 점령하고
있는 최고책임자인
맥아더 원수야.

어째서
그놈이
선생님을?
레드
퍼지야…

레드퍼지가
뭐죠…?
겐, 지금 일본엔
수상한 사건들이
계속 일어나고
있어…

국철의 시모야마 총재가 돌연히 사라졌다가 죠오반 선 아야세 부근의 철길 위에서 전차에 깔려 죽은 시체로 발견된 시모야마 총재 사건.

중앙선 미따까역에서 일곱차량이 연결된 기차가 아무도 타지 않은 상태에서 저절로 폭주하다가 사망자 6명과 중경상자 14명을 낸 미따까 사건.

그리고 동북본선 가나야 강과 마쯔까와 역 사이 에서 열차가 탈선해 승 무원 3명이 사망한 마쯔까와 사건

이 사건들은 미국에서 돗지라는 경제 고문이 온 것과 무관한 거 같지 않아. 그는 일본경제를 재건한답시고 날뛰고 있는데, 그렇지 않아도 어렵게 사는 일본인의 생활을 더 어렵게 하고, 자유도 제한하고, 갖가지 무리한 조건을 내걸었어…
게다가 전국의 공장이나 국철에서 일하는 수많은 노동자를 정리하기 위한 해고가 시작됐어. 그래서 당연히 조합원들이 노동권이며 생활권을 위해서 싸우고 있는 이 시기에 이상한 사건들이 발생했단 말야. 사실은 미국의 간첩기관이 은밀히 숨어서 사건을 일으키고 있다는 말도 있어…
왜, 왜 그런 짓을 하죠?

노동조합에 들어가서 활동하는 사람은 공산주의 사상을 가진 위험한 인간들이라는 유언비어를 만들어서 일본인들에게 심어주기 위해서야.
미국은 인간의 정당한 권리를 요구하는 일본인이 불어나면 난처한 거야. 미국 맘대로 일본을 지배하지 못할 테니 말야…

그러니까 나같이 전쟁을 반대하거나 시위에 참가하거나 조합활동을 하는 자들은 방해가 되는 거야.
그래서 결국 선생님께서 해고당하신 거군요?

나쁜만이 아니다. 공무원, 신문사, 방송에서 일하는 직장인들도 직장을 뺏기고 해고 당하고 있어… 이런 걸 공산주의자들에 대한 레드퍼지라고 하는 거야.
제길, 미국은 완전히 제멋대로네요.

일본인들이 스스로 나라 일에 대해 생각하는 게 뭐가 나쁘단 거야?

몰랐어요. 일본 사회가 이렇게 될 줄은…
겐, 정치는 일본인의 모든 생활과 관련이 있는 거야. 몰라서는 안 되는 거야…

그러면 안 되는 거지. 일본이 무조건항복을 했으니까 미국이 시키는 대로 할 수밖에…

후암— 내가 더 배워야 할 게 많구나〜〜

쿡당

드르렁
드르렁
드르렁

이, 이놈이 건방지게 큰소리치더니 잠자러 온 거냐…?

프르르릉

선생님… 좌절하지 마세요. 맥아더가 별거야? 음냐… 음냐…

우리나라야… 외국놈들이 멋대로 하게 놔두면 안 돼… 음냐… 음냐…

선생님, 해내고 말 거예요. 음냐… 음냐…
선생님은 일본의 앞날을 위해… 꼭 필요한 분이야… 힘내세요… 힘내요…

선생님,
이제부터예요.
이제부터…
음냐… 음냐…
선생님, 도망
치지 말아요.
피하지 말라
구요…

겐…

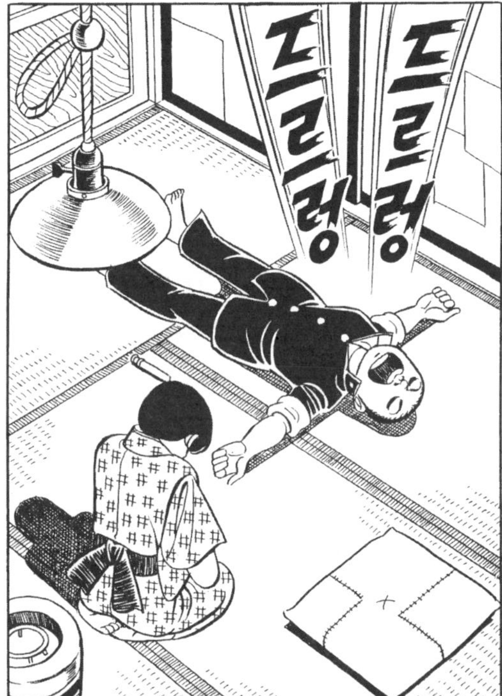

뜨르릉
뜨르릉

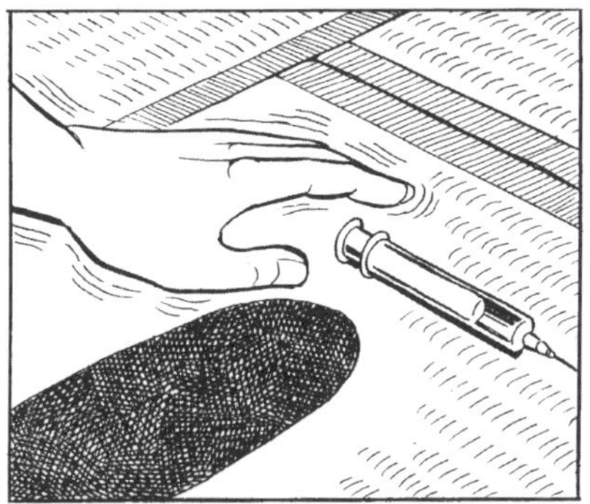

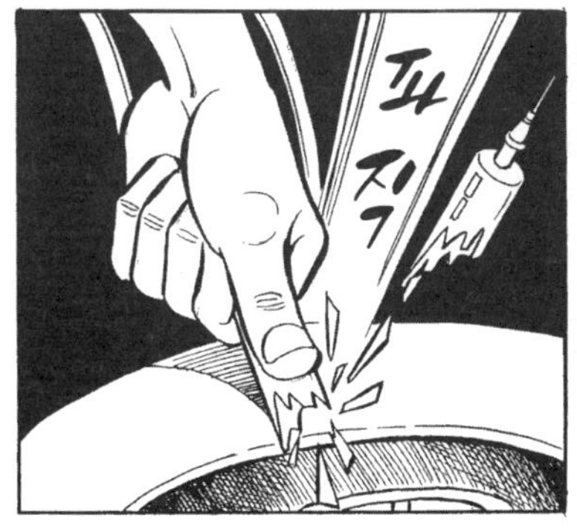

파
직

때
ㅡ앵
때
ㅡ앵
때
ㅡ앵

때
ㅡ앵 때
ㅡ앵
때
ㅡ앵 때
ㅡ앵

파천중학교

I-A

어험.

아니?

타닥

학생들이
한 명도
없잖아.
이럴 수
가?

타닥
타닥

없어.

없다.
없어.

타닥

다닥
닥

교장실

뭐라구! 1학년 A반이 한 명도 등교를 안 했다구?
네.

이상하잖아. 학생 전원이 감기가 들어서 안 나왔을 리도 없고.
저도 그렇게 생각합니다만…

히라오까 선생, 당장 학생들 집에 가서 알아봐요.
네에.

제길, 성가시게 됐네.

따르릉 따르릉

안녕~
안녕—
안녕
안녕~
안녕~
차입하

무슨 일이지?
오오따 선생님 방에
학생들이 몰려들어
가니…

천장이 견뎌낼까?
너무 무거워서
무너지는 거 아냐?
이거 걱정되네.

오오따 선생님, 빨리 수업을 시작해주세요.
오늘부터 이곳이 우리 학교가 될 거예요.

아 안돼. 다들 빨리 학교로 돌아가.

무슨 말씀이세요? 우리에게도 학교나 교사를 선택할 권리가 있어요.

학교나 선생님을 무조건 따를 순 없잖아요.
그래요.

재미도 없고 이해도 안 되는 교과서를 갖고
수업을 받는 것 자체가 무의미해요. 어른들만 납득해서야 되겠어요?
중학수학 I

전 선생님 얘길 듣는 게 훨씬 재밌고 공부가 돼요…
맞아.
그렇습니다, 선생님.
선생님, 빨리 수업을 시작해주세요.

난 이제 교사
자격이 없어.
가르칠 수 없어.

무슨 말씀이세요.
자격이 있고 없고는
상관없어요.

우린 오오따 선생님을
진짜 선생님이라고 생각
하기 때문에 가르쳐
달라는 거예요.
그래
요.
그렇고
말고요.

맥아더나 문부성에서
뭐라고 했어도 상관
없어요. 좋은 선생님은
어디까지나 좋은
선생님이니까요.
그렇습
니다.

공부 방법은
여러 가지가
있으면
어때요?
왜 정해진 딱
하나의 길만
가야 되나요.

그래, 나도 늘
이상하게
생각했어.
나도요.

방법은 달라도 지식이나
진리에는 다름이 없는 거니까
즐거운 방법으로 공부하면
되잖아요?
맞아.
말하는 게
제법이다.
자식.

이건 선생님의 이달치 월급이에요. 거뒀어요. 받아주세요.

너희들이 그렇게도 나를…

호으흑, 가슴이 벅차오는구나. 너무 행복해서…

그리고 이 애는 신입생 이에요.
에헤헤헤.

신입 생?

이 애는 비까 때문에 학교에 갈 수 없었어요. 공부를 전혀 못했으니까 초등학교 1학년부터 가르쳐주세요.
아냐, 초등학교 1학년쯤은 알아.

류타, 인사해.
에헤헤, 그럼.

저어—
제 인사를 받아
주십시오.
제가 태어난 곳은
히로시마올습니다.
히로시마는 넓고도
넓지요.

푸르른 주고꾸 산맥에 안기어 맑은
물이 흐르는 오오따 강변으로 모래
사장이 펼쳐지고, 일곱 개의 냇물이
모여들어 꽃모양을 이루고 있는
히로시마입니다요.

핫죠보리란 마을에
서 응애애— 태어
나, 일곱 개의 냇물
로 목욕을 하고,
부모님의
사랑을 듬뿍
받으며
자랐는데,

비까가 떨어진
후, 아아~ 모진
비바람 속에서도
굳건한 사나이,
곤도오 류타는
오늘도 씩씩
하게 살아
왔나이다.

용감한 사나이 곤도
오 류타를 부디 부디
잘 부탁드리나이다…

와아—
잘한
다—
한번 더
해라.
크아
하하.

그럼 앵콜이 들어왔으니 그 보답으로—
멍청아, 까불지 마.

보신 대로 좀 덜 떨어졌지만, 선생님, 잘 부탁드립니다.
뭐얏?!

흑흑흑, 고맙구나, 모두들…
난 기쁘다. 너희들 마음이 정말 고맙다.

겐, 내가 마음을 돌려보마. 겐, 희망이 생겼어…
선생님…

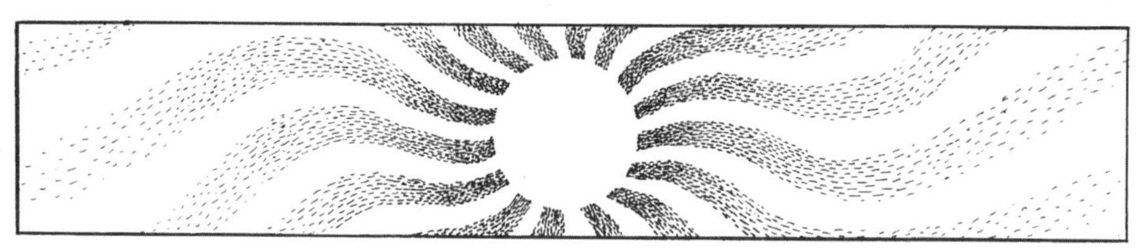

뭐라구! 1학년 A반은 오오따 선생 하숙집에서 공부한다구?
네, 각 가정을 돌면서 들은 바로는…

이젠 교사 자격도 없고 우리 학교 교사도 아닌 오오따 선생이 그렇게 멋대로 하다니…
그러게 말입니다…

난 지도력 없는 교장이라고 책임을 추궁 당할 거라구!

이러다가 교육위원회나 문부성에 알려지기라도 하면 우리 학교 명예나 내 입장은 어떻게 되겠어!
용서할 수 없어. 교장인 나한테 아무 의논도 없이 멋대로 학교 질서를 어지럽혀?!

이런 나쁜 놈들,
그렇습 니다. 교장선 생님.

아마 오오따 선생의 빨갱이 사상에 영향 받은 학생 아닐까요?
음…

듣자 하니 나카오카 겐이란 놈이 반 학생들을 선동해서 이런 사태가 일어났답니다.
나카 오카 겐?

교장선생님, 학교를 어지럽 히고 반항하는 그런 문제아 는 단단히 혼내줘야 합니다.
으— 음.

나카오카 겐이라… 돼먹지 않 은 놈이군.
용서 하지 않겠 어.

삐걱
삐걱

여긴가, 히라오까 선생.
네.

……
……

앗, 교장하고 히라오까 선생이야.
교장이 왔어.

오오 따 씨!

교장 선생님.

자, 잠깐요. 그게 사정이…
닥쳐. 변명은 필요 없어.

이게 무슨 짓인가? 이렇게 맘대로 해도 돼?
학생을 가르칠 자격을 이미 박탈당한 사람이 이래도 되는가 말이야!

교장선생님, 오오따 선생님을 나무라지 마세요. 이건 우리가 부탁해서 이렇게 된 거니까요.
너희들 정말 이럴 테냐!

시끄러, 너희들은 빨리 학교로 돌아갓.
그래, 히라오까 선생 말대로 해.

교장선생님, 우리들은 어떻게 해서든지 오오따 선생님한테 배우고 싶어요.
그렇습니다.

싫어요. 우린 오오따 선생님이 좋아요.
…… ……

네가 나카오카 겐이냐?

그래요.

이런 못돼먹은 새끼야!
철썩
악.

으윽, 왜! 왜 때려요!

시끄러, 네놈이 한 짓은 나라를 망하게 하는 짓이야!

네놈이 애들을 부추겨서 데려온 거 맞지?
그런 짓이 반 친구들을 얼마나 곤란하게 만드는지 알기나 해.

우린 겐이 부추겨서 온 게 아닙니다.
그렇습니다. 우린 스스로 생각해서 온 거라구요.

입닥쳐. 너희들 이런 데 있으면 고등학교 진학도 취직도 못하게 돼.
빨리 학교로 돌아갓.

어째서 여기 있으면 진학이나 취직을 못하게 됩니까?

빨갱이가 되니까 그렇지. 공산주의 빨갱이는 무서운 거야.
규칙을 무시하고 반항을 일삼으며 세상을 어지럽히는 나쁜 놈들이라구!

교장선생님, 무슨 말씀을 그렇게 하십니까? 사상의 자유는 헌법에도 보장되어 있어요.
어째서 공산주의가 안 된다는 겁니까?

입다쳐. 자넨 말할 자격이 없어.
난 빨갱이라면 진저리가 나.

우린 빨갱이든 뭐든 상관없어요.
우린 그저 모두 다 행복하게 되길 바랄 뿐이에요.

시끄러, 말대꾸하지 마. 빨갱이는 학교에서도 사회에서도 받아들일 수 없어.
권리니 주장이니 하면서 말대꾸하지 말란 말야!
철썩
철썩
철썩

야, 이놈아, 우리 형을 왜 자꾸 때리는 거야!

개자식, 교장이면 단 줄 알아?
여, 여기에 불량배 자식도 있었잖아. 무시무시한 곳이군.

뭐야! 한번 더 말해봐. 내가 불량배자식 이라구?
난 공부하러 온 거야.

이 빌어먹을 놈이 선생이랍시고 말을 함부로 해!
가슴에 못박는 말을 아무렇지 않게 내뱉 다니! 빌어먹을—

이 나쁜 놈!
으악.

류타, 그만 해.
가만 있어요. 난 용서못 해요.

교장선생님. 나도 가만 있지 않겠어요. 걸핏하면 얻어맞는 것도 지겹다구요. 모두가 잘 살 수 있는 방법을 생각하는 게 뭐가 나빠? 빨갱이 공산주의든 뭐든 상관없으니까 함부로 강요할 생각 마요.
그래, 맞아요.

너, 너희들은.

교장선생님,
자꾸그러시면
나도 정말 가만
안 있겠어요.
이 녀석, 학생 주제에 어떻게
교장선생님한테 대드는 거야!
이 후레자식 놈아!

입닥
쳐!

안 돼!
겐!

흐익-

뻑
억

앗?
엇?
으악.

오, 오
오따
선생
님.

하, 하지만 참을
수 없어요.

으으으, 하, 하지
마. 겐… 참아…

제멋대로 우릴 빨갱이로 몰아부쳐서 마구 때리고 함부로 말하는
이런 편견을 가진 교장은 그냥 둘 수 없어요.

맞아, 형, 혼내줘.

이 녀석들, 폭력에 반대한다면서 폭력을 쓰는 건 발전이 아냐.

넌 폭력을 쓰는 교사가 질색이었던 거 아냐?
너도 그런 사람과 똑같이 될 래?!

……
……

……
……

다들 학교로 가서 공부해.
그리고 수업을 끝내고 와. 그러면 공부가 됐든 상담이 됐든 내가 다 들어주마.
난 너희들을 위한 일이라며 서슴지 않고 해주겠다.

다들 알아 들었지?
날 위해주는 너희 마음은 평생 잊지 않을 거야. 정말 고맙다.

……
……
……
……

겐, 너한테 얻어 맞으면서 눈이 번쩍 뜨였어…

무슨 말씀 이죠?

나한테 희망이 생긴 거야…
내 학교를 만들 거다.

난 교사 자격을 빼앗기고 실의에 빠져서 모든 걸 포기했어…
근데 네 덕분에 새롭게 살 길이 보였어…

선생님 학교요?
그래, 내 학교야.

나의 학교가 다 만들어지면 모두 와주기 바란다!

내 이상을 실현할 수 있는 학교를 내 손으로 만들겠어.
어떤 어려움이 닥쳐 와도 반드시 만들고 말 거다.

선생님, 입학 하는데 시험이 어렵나요?
시험 같은 건 안 봐.

와아~ 그러면 되겠네요. 오오따 선생님의 학교라면 기꺼이 가겠습니다.
나도 요.
저도.

공부하고 싶은 사람은 누구든지 와.
시험성적이 아무리 좋아봤자 그게 무슨 쓸모가 있겠어. 진정 뼈와 살이 되는 그런 공부를 하는 거야.

크아하하, 그거 좋네요. 나한테 딱이에요.

오오따 선생님, 빨리 만들어 주세요.
암, 하구 말구.

난 풍요한 대지가 될 거야.
내 대지에서 평화롭고 살기 좋은 세상을 건설할 새싹들을 키울 거야.

교장 선생님!
뭐야?

전쟁 미치광이들한테 홀려 편견으로 가득 찬 당신네 교육을 난 꼭 넘어서고 말겠소.

이제 돌아가시지요.
학생들은 학교로 돌려
보낼 테니까…

그래, 빨리 돌아갓.
교장이랍시고 그렇게
우쭐대다간 큰코다쳐.

난 깡패를 둘씩이나
죽인 사람이야…
깔보지 마.

난 화나면
뵈는 게
없어.

너도 죽고
싶어?
으아.

메롱ㅡ

와하하하
와하하하
와하하하

계단에서 굴러 떨어지다니 체면이 말이 아니네.
크아하하, 되게 방정맞게 뛰셨군요.

아구 구구.
아야야.

빌어먹을 놈.
꼬락서니 참 조오—타.

모두 고맙다.
그래요, 선생님, 꼭 해주세요. 약해지지 마시구요.
오오따 선생님 정말로 힘내셔야 해요.

두 번 다시 전쟁에 말려들게 할 순 없어.
우리 일본을 미국의 꼭두각시로 만들 순 없어.
미국의 압력 따위에 굴복할 순 없어.
난 쓰러지지 않아. 절대로.

형, 난 입에 발린
소리로 허풍만
떠는 사람은 아예
믿지 않아.
류타야, 선생님
께 그런 실례되는
말하지 마.

입에 발린
말이면 제가
가만 안
있겠어요.
오오따 선생님, 말만
번지르르한 게 아니고
진심으로 말씀하시는
거죠?

우린 원폭으로…
비까로… 가족을
모두 잃고…

여태껏 멋진 말만
늘어놓는 사람들이
우리를 도와준 적
있어?
잿더미가 되어버린 벌판을
헤매면서 학교에도 못
가고, 필사적으로 오늘까지
살아왔어…

난 겉모습이 아니라 그 사람을 보고 진짠가 가짠가 분간할 수 있어. 내 눈은 정확해.
교육이란 게 우리같이 뒤쳐져 헤매는 인간을 구제하는 거잖아.

오오따 선생님, 오기가 없으면 안 되걸랑요.

류타, 네 말이 옳다.
날 믿어 다오…

부탁해요. 선생님을 난 끝까지 믿겠어요.
그래, 고맙다.

좋아, 됐어. 내가 오오따 학교의 첫번째 신입생이 될 거야.

난 글을 읽을 줄도 모르고 쓸 줄도 몰라서 서러움을 당하면서 창피하게 살아왔어.

오오따 선생님한테 매달려서 열심히 공부할 거야.
그리고 러브레터를 많이 쓸 거야.

하하
하하.
앗하
하하.
호호
호호.

크아
하하,
들통
났네.
요 녀석, 러브레터
를 쓰는 게 공부
목적이었냐?
에구구

후후
후.

호오호
카하하
하하
아하하
문화냄비
차입하
금어
생선
생선

형, 오오따 선생님은 진짜 좋은 선생이야.
그렇구 말구. 내가 보기엔 참된 교사야…

아니?

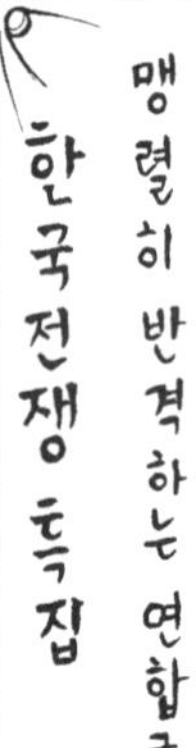

한국전쟁 특집
맹렬히 반격하는 연합군

이 사진 뒤에선 수없이 많은 주민들이 처참하게 죽어가고 있겠지…

멍청아,
이 일본에서
미국놈들이
출격해서
이렇게
사람이나
대지를 파괴
하는 거야.

너무나 화가 나…
도대체 사람들은 왜
전쟁을 그만두지
못할까…
형, 한국전쟁
갖고 뭘 그래.
그냥 가자.

반대로 일본에
있는 미군
기지가 공격
당하면.
일본도 꼭
이 꼴이 되는
거라구.

대국의 주의나
주장 땜에 대리
전쟁을 강요
당하고
거기서 사는
국민들은 비참하게
죽어가는 거야.
그래서 인간이 발
전을 못하는가 봐.
어째서 대화로 해
결 못할까…
빵
○○ 마켓

빌어먹을, 한심스럽군.
난 전쟁을 일으키는
권력자들이 미워서
죽겠어…

류타야, 우린 어떤
일이 있어도 전쟁을
막아야 해.
비까도 당했고,
전쟁이 얼마나
무서운지 잘
알잖아.

산 중 병 원

까꿍-

겐, 류타.

누나, 기분이 어때? 잘 쉬었어?
에헤헤헤, 맹장염은 대수롭지 않은 병이래.
으응, 고맙다.

꽃을 받으세요~ 받으세요~ 꽃을~

호호 호호 오오

임마, 맹장수술을 해서 웃기면 안 돼.
왜 그런데?

웃으면 수술자리가 터져.
앗, 그렇구나. 미안 미안.

누나, 이제 퇴원 해도 괜찮지?
가추코가 쓸쓸해하고 있어. 빨리 돌아와.
……
……

겐, 난 아직 병원에서 퇴원하지 말래…
왜, 왜?

수술자리가 붙었다가 터져서 바로 안 붙는대…
다시 수술을 해야 하나 봐.

뭣? 또 수술을…?
겐, 난 너무나 불안해.

……
……

……
……

제길.
제길.
풍덩
풍덩

맹장은 곧 낫는 줄 알았는데…
형, 걱정 이야.

수술자리가 아물지 않는다니 이상하잖아?

형, 혹시 누나가…
류타, 그만해.

그 이상은 말하지 마…
……
……

나도 너하고 같은 생각을 했어… 듣고 싶지 않아…

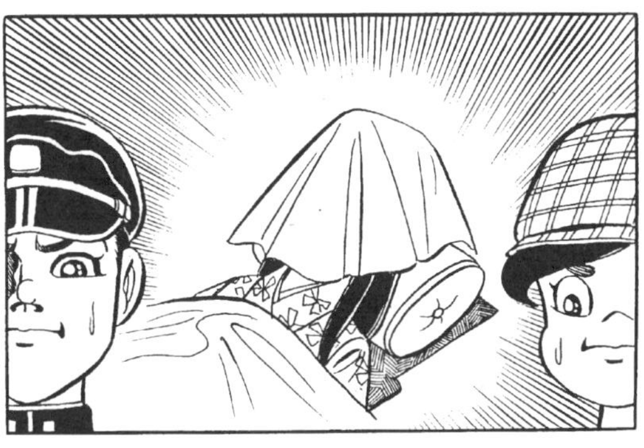

하지만 비까를 맞았으니… 방사능 원폭증이 생겨서…
누나가 죽으면 가추코가 무척 슬퍼할 텐데. 둘이서 양장점 낼 준비에 한창이거든.

바보 같은 말 마. 누나는 안 죽어!
내가 절대 죽지 않게 할 거야.

류타야, 그런 소리 입밖에 내지 마.
형, 미안, 미안.

부르르—릉

꽃을 받으
세요~ 랄
랄라~

우우앙

앗.
으앗.

야, 이놈아,
무슨 짓이
야!

끄아하하하,
네놈들 꼴이 꼭
시궁창에 빠진
쥐 같구나.
호호
호호.
개자식, 가만
안 두겠어.
내려왓.

끄아하하, 까불지 마. 가난뱅이들아, 억울하면 이런 외제차를 타보렴.
부우~웅
망할 자식아— 거기서—

앗하하하, 어디 따라와 봐
부르릉
끄아하하.

망할 새끼.
에이씨, 열 받아.
부웅—

다음에 보면 가만 두지 않겠어.
그래, 반 죽여 놓을 테다.

젠장, 오늘은 기분 잡치는 일만 생기는군.
속이 다 뒤틀리네.

형, 이런 날은 일단 배터지게 먹어야 해.
형, 가자. 가.

어디로?
나만 믿어. 기분 전환하자구.

야노
스탠드
주식회사 수옥
수옥
히쭈지야
청수양복점
중앙거리상가
스포츠용품

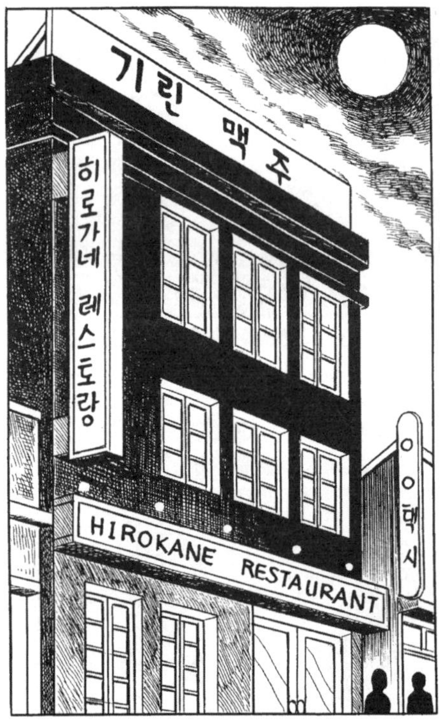

기린 맥주
히로가네 레스토랑
HIROKANE RESTAURANT
이이택시

크아하하, 형,
배불리 먹어

재수 없는 날엔 맛있는 거 배불리 먹고 언짢은 기분을 날려 보내야 해.
야, 임마, 돈 있어?

이런 고급식당은 음식값도 비쌀 텐데…?
난 돈이 한푼도 없어.

걱정 마. 장사가 잘돼서 돈을 많이 벌었으니까 마음 푹 놓으라구.
정말로 괜찮은 거야? 난 모른다.

냠냠

크아하하하, 여차하면 먹고 달아나면 되는 거지 뭐.

애

먹고 달아나다니?
크아하하, 농담이야, 농담.

여기. 돈이 있으니까. 걱정 마, 형.
임마, 놀래키지 마.

크아하하
우하하하

앗?
아니?

이 자리가 좋겠어.
아, 네, 그렇네요.

저 자식, 뻔뻔스럽게 우리 앞에 나타났어… 또… 거들먹거리면서…

형, 아까 당한 걸 갚아주자.
당연하지.

저 뭘 드릴까요?
이 식당에서 최고로 자랑할 만한 걸 모두 가져와 봐.

돈 걱정은 말고. 아무리 퍼내도 내 주머니에서 돈이 바닥날 일은 없으니까.
아, 네에.

으하하하, 난 돈이 많아서 걱정이라니까. 아무리 써도 없어지지 않으니 말야.
구라모찌 씨가 너무나 부럽네요.

이 이를 봐봐. 전부 순금으로 바꿨어.

이 옷은 런던제 양복이야.

이 구두는 이태리제 최고의 가죽이고,

끄아하하, 더 비싸고 질 좋은 걸 찾는 것도 고생이야.
돈 쓸 데를 몰라서 고민이라니, 그럼 나한테도 뭐 좀 사주세요.

그럼그럼, 사주고 말고.
네가 원하는 건 뭐든지 사줄게.
정말로요? 약속하는 거죠?

끄아하하, 드디어 내 시대가 왔단 말야.
날아갈 듯이 기분이 좋아.

뭐야?
아니?

아저씨, 우린 기분이 안 좋아. 속이 뒤틀리거든.
아까는 잘도 뺑소니치더군.

아하, 아까 시궁창 쥐들이구나?
자아, 그렇게 화낼 거 없어.

시끄러. 당신 말야, 아직도 거드먹거릴 수 있는 거야?
우릴 우습게 보지 마.

자자, 괜히 열 올리지 말고,
이거나 받아둬.

뭐야? 이 돈은?
하하하, 흙탕물 뒤집어 썼으니 빨래 값을 주는 거야. 그거면 되겠지?

이, 이 천원이나?

크하하, 요샌 중학교 졸업하고 회사에서 일해도 한달치 월급이 기껏 삼천원이야.
그 정도면 군말 말고 받아둬.

에헤헤, 이천원이네.

에헤헤헤, 형, 이만하면 됐어. 그냥 참아주자.
임마, 그 따위 돈 돌려줘.
뭐라고 군시렁거리는 거야? 얼른 꺼져. 꼴 보기 싫으니까.

류타야, 넌 그렇게 바보같이 당하고도 화도 안 나? 빨리 돈 돌려줘.

난 남의 뺨을 치고 돈만 갖고 해결하려는 놈을 보면 구역질이 나.
자아, 이제 됐어.

형은 너무 융통성이 없어서 탈이야.
세상 만물이 네 것은 내 것이요, 내 것도 내 것이야

이 돈으로 더 맛있는 걸 먹는 게 상책이라구.
너, 너란 놈은…

빌어먹을,
저 자식을 봐
주자니 더럽고
치사하잖아.
끄아아아아

저, 구라모찌 씨,
어떻게 해서 그렇게
많은 돈을 벌었죠?
출세도 하구요?
끄하
하하.

……
……

후후후, 내가 돈을
번 건 전쟁 덕분
이야.
전쟁
이요?

그래, 우리 일본 옆에 있는
나라 있잖아. 한국에선
한창 탕탕— 쾅쾅—
전쟁 중이야.
네에.

미국이 그 한국전쟁에서
쓰는 총알이랑 무기랑
기계를 우리나라에 주문
하고 있어.
주문이 많아졌으
니 일본은 돈을
벌게 됐고…

정말 때맞춰서 전쟁을 해준 거야. 난 고철을 대량으로 가지고 있었거든…
전쟁이 일어나니까 고철 가격이 몇십 배나 폭등했지.

무기를 만들려면 철이 많이 필요 하니까 말야.
철이 바닥나기 시작하니까 부르는 게 값이 되었어.

내겐 한국전쟁이 구세주인 셈이지.
그래서 부자가 됐군 요…

일본 전체가 한국전쟁 덕분에 되살 아났어.
실업자들은 무기를 만드는 공장에서 일할 수 있게 됐고, 경기가 회복됐으니 말야.
한국인끼리 서로 죽이고 죽고 할 뿐이어서 우리 일본인하고는 아무런 관계도 없고…

더 치고 박고 죽이라고 해.
그럴수록 우리가 돈을 벌 수 있으니까.
으흐 흐흐.

……
……

전쟁은~~ 좋은 것~~ 몇번이든 일어나라~~ 얼씨구 조오타
돈 나무에 돈이 주렁주렁 열리리라~~ 얼씨구 조오타~~
호호 호호.

부들부들

형, 왜 그래?
새파랗게
질려서?
비…
빌어
먹
을…

전쟁을 일으켜 돈을
버는 사람이 있는 한
없어지지 않아…
전쟁이 아무
리 비참하다
해도

ㅎㅎㅎ,
나도 그중
하나지만.

비
빌어
먹
을…

뭐야? 네놈이
아직 할 말이
있냐?

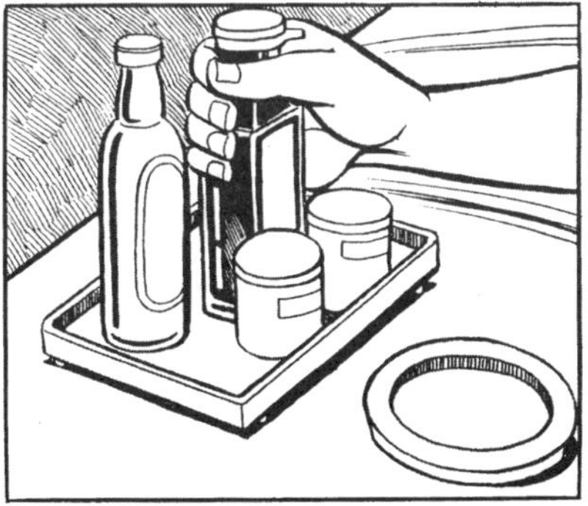

우힛.

이 자식이 뭔 짓이야?

흡혈귀 같은 놈.

네놈은 인간의 피를 빨아먹는 흡혈귀야.
그만해, 새꺄.

너 같은 놈은 이 간장이나 빨아먹어.

이 인간 쓰레기야.

난 너 같은 흡혈귀를 가만두지 않겠어.
이 개새끼가…

애라고 내가
인정사정 봐 줄
줄 알아?!

너 같은 흡혈귀
는 용서하지 않
을 거야.
시끄러, 그건
내가 할
말이다.

이 빌어먹을 자식이…
건방지게 나한테 덤벼?
어디 가만 두나 봐라.
그래요.
혼줄을
내줘요.

까불지 마.
이 개자식
아.
뻐억
끄윽.

쾅

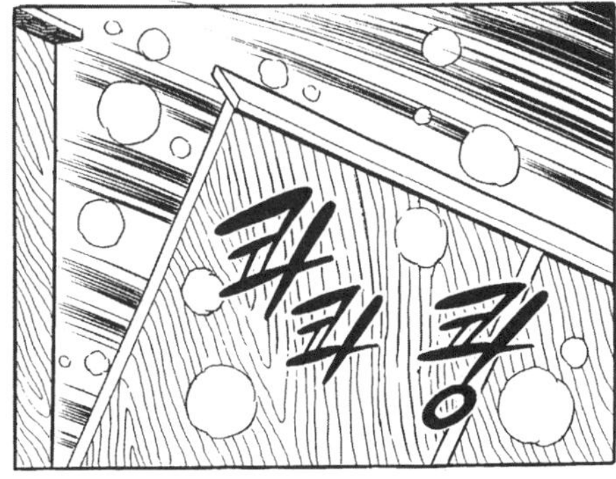

쿠쿵

와장창
국당당
으악.
까악
형—
으으으.

질 수 없어.
저런 놈한텐 절대
질 수 없어.

이야아

크웅

잘했어.
형.

구라
모찌
씨.
끄으
윽
죽일 놈아.
넌 인간도
아냐.

이 미친놈아.
구라모찌 씨한테
무슨 짓이야!
꽈악
아악.

……
……
으으
으.

끄악.
이 개
새끼.
빡

이 자식, 뒈져 라.
꺽억
퍽

혀엉.

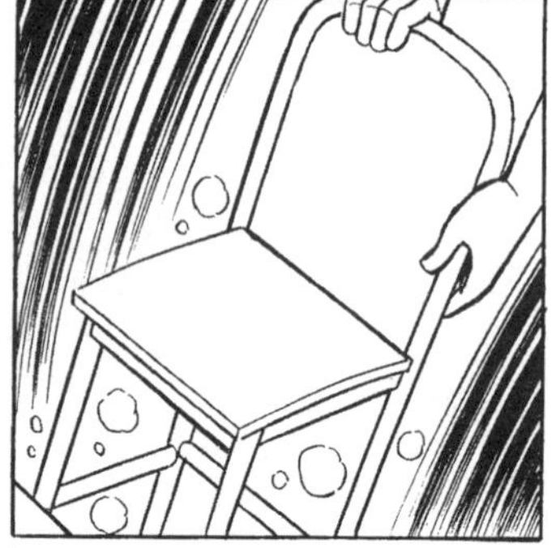

이 빌어먹을 놈아, 우리 형 때리지 맛!
꺽억
끄-윽-

구라모찌 씨, 지지 말아요. 이런 꼬맹이한테 진다는 건 있을 수 없어요.

시끄러. 깍깍대지 맛!
망할 계집년.
꺄악.

꺅.

으으으, 날 정말로 열 받게 했어~

한때 석양이 불타던 만주 땅에서 적진을 향해 선두에서 돌진해
수많은 중국놈을 찔러 죽이고 중국대지를 빨갛게 피로 물들였던 역전의 용사, 이 구라모찌를 깔보다니.

개새끼들, 단단히 각오해랏.

힉.

휘
잉
휘—잉

딱
와장창창

끄으으.

제길.

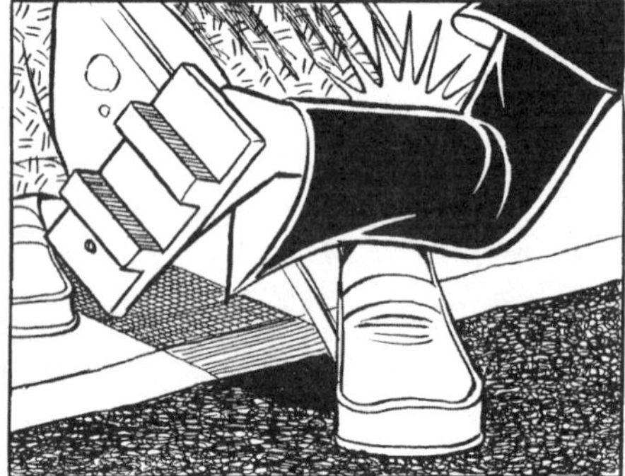

쿠웅.

씨익.

뻐억

꽉꽉꽉꽉

꼭

으으
으.
꽈당

시끄러. 맞고 싶지
않으면 가만 있어.
그만하세요. 다 큰
어른이 애들을 상대로
싸우다니요.

난 이 식당의 지배
인이오. 이 소동으
로 인한 손해배상
을 해줘요.
오냐, 돈은
얼마든지
주마.

난 한다고 하면
꼭 하는 성미야.

이
개새끼
야.
삑

죽어, 죽어라,
이 자식아.
퍼억
퍽
억
퍼
억
퍼
억
끄으—

ㅇㅇㅇ,
형.

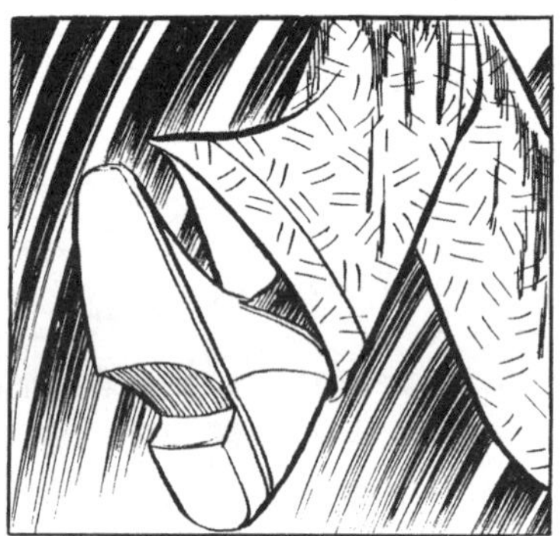

토

끄
악—

꺅―
꺅―
꺅―
꺅―

꼴 좋다아.
역시 필살의
불알차기야―

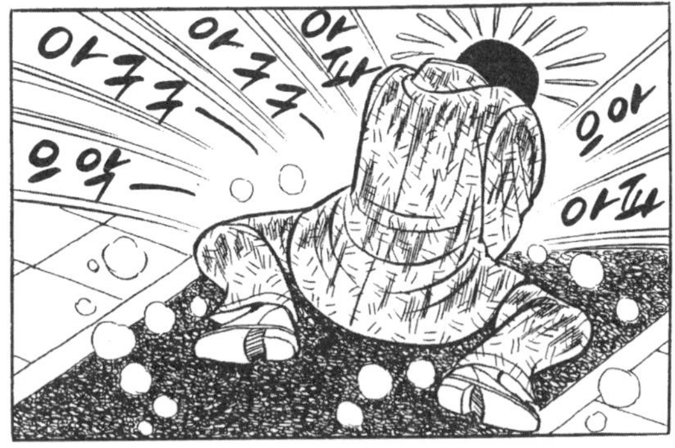
아그그―
아그그―
아끄―
으악―
으악―
아끄
아파

이거 말로는 안
되겠어. 경찰을
불러. 빨리.
네네.

안 돼. 경찰이
오면 큰일이야.
난 살인죄로 소년
원에 들어갔다가
탈옥한 게 들통
나면…

형, 빨리
달아나자.
으으
윽.

으으으.
이 새끼들아 ~
죽일 놈의 새까 ~

ANE RESTAURAN
히로가베
레스토랑
하아
하아.
하악
하악.

어, 이 외제차는
그 빌어먹은 놈
거 아냐?

덤으로 선물을
좀 주자.

어엉차
추웅염

쾅!

크아하하,
속이 다
시원하네.

형도
해.

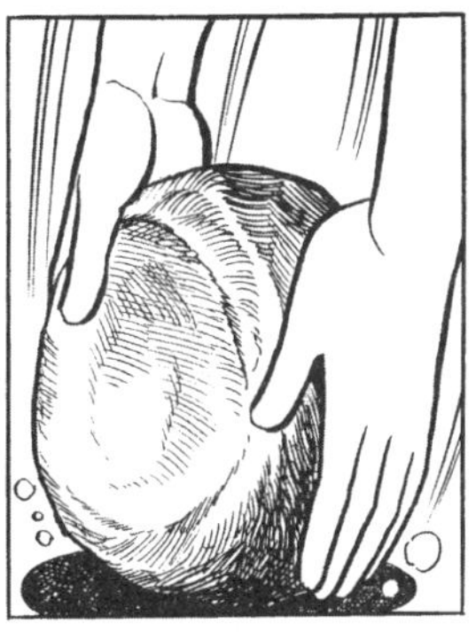

……
……

빌어
먹을
개새
꺄.

와 장 창

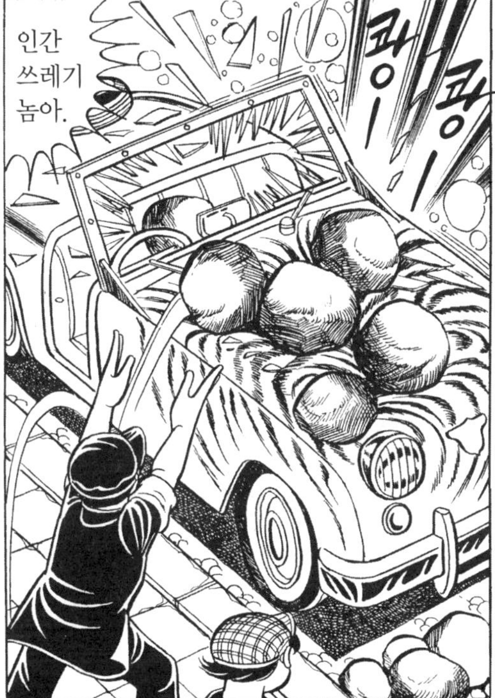

인간
쓰레기
놈아.
콰
콰

좋아.
잘했어.
하악
하악.

빨리 달아
나자.

어푹 어푹
형, 괜찮아?

온몸이 아파…
그 자식 힘이
대단했어…

근데 뜻밖이었어.
여느 때면 싸움을
말릴 형이
먼저 싸움을 걸다니.
내가 깜짝 놀랐어.
……
……

류타야, 화가 나.
전쟁이 끝난 지 기껏 오년 밖에 안 되는데, 벌써 전쟁의 아픔을 잊다니…

전쟁을 이용해서 돈을 벌고, 전쟁이 일어 나는 걸 환영하다니 말야…

그 망할 자식도 전쟁이나 원폭의 고통을 알 텐데…

아직도 비까로 희생된 유골들이 이렇게 많이 나뒹굴고 있는데.

어째서 저런 인간 쓰레기들이 일본 내에 수두룩한 거냐구.
……
……

저런 인간기생충들이 있는 한 전쟁은 영원히 없어지지 않아… 영원히…

난 절대 저런 인간쓰레기는 안 될 거야…

정말 너무 속이 상해.

흑흑흑, 류타, 너무너무 속상해.
……
……

흑흑 흑.

형의 마음은 알아.

흑흑, 어째서 어째서 사람들끼리 서로 죽이는 전쟁을 좋아하는 거냐구…
바보같이, 바보같이 인간은 발전이라는 걸 모르는 거냐구!

형, 울지 마.
울지 마.
기운 내서
돌아가자.

흑흑흑
흑흑흑.

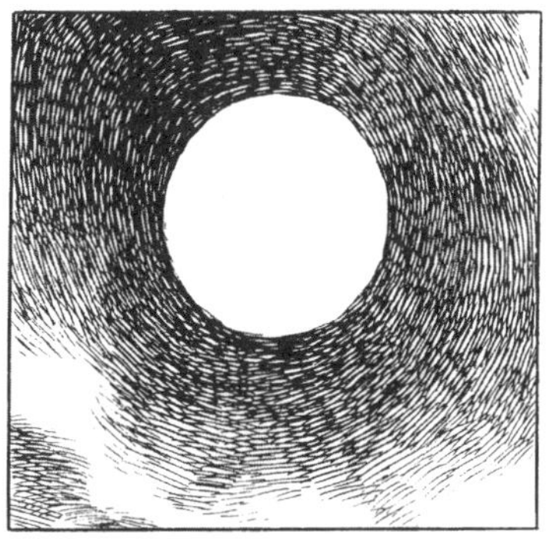

히로시마가 보리밥 먹을 때~
시골에서는 쌀밥을 먹네~ 이
시대의 격차는 마음의 격차로세
~ 히로시마 부기우기 아싸~
부기우기 부기우기~
……
……

덜컹 덜컹
横川
120
안전 제일
SAFETY FIRST
목점

벌써 가을이네.
날씨가 많이
추워졌어.

겨울은
질색이야.
입을 옷이
없으니까.
와들와들
떨면서
다니잖아.
그리
게 말
야.

교실이 너무 추워서
공부에 집중을 못
하겠어…

똥모리, 네가
공부도 하니?
넌 덥든 춥든 아예 상관
없이 사는 머리인 줄
알았는데…
뭐,
뭐얏!

임마, 또 한번 말해 봐. 날 아직도 바보취급하고 있는데 말야…
끄아하하, 화내지 마. 바보라고 놀리는 것도 다 애정 표현이야.

시끄러. 자식아.

오오, 가련한 가을바람아, 이 내 마음 전해다오. 우리에게 입을 것, 먹을 것을 구해달라고…
아아, 아무리 일해도 우리네 살림은 퍼지지 않고, 아아, 거친 내 손을 바라보노라…
겐, 꼴값 떨지 마. 바보새꺄.

아아, 시심을 모르는 교양 없는 자는 슬프도다…

이게 정말!
끄아하하.

똥모리, 잘 가.
빵
야아— 난 똥모리가 아냐. 아마모리란 말야.

무슨 일이지?
웬놈들이 왜 우
리 집을 엿보는
거야?

아저씨,
뭐해요?
우리 집엔 훔쳐
갈 게 아무것도
없어요.
흐익.

넌 이 집에
사니?
그래요.
그런데 왜
요…?

부모님은 안 계시니?
안 계셔요. 두분 다 비까로 돌아 가셨어요.

그럼 너 혼자 사는 거니…?
형들하고 셋이요.

아저씨들, 뭐가 알고 싶은 거죠?
우린 시청에서 나왔어.

시청? 무슨 일로요?

이 집은 한달 후에 헐기로 돼 있어.
그걸 알리러 온 거야.

뭐, 뭐라구요? 우리 집을 헌다구요?
젠장, 맘대로 그러면 어떡해요? 우리 집을 헐면 우린 살 곳이 없잖아요?

우, 우리 집을 헐어서 도로를 만든다구요?
거 말도 안 되는 소리 말아요! 말도 안 돼!

하여튼 히로시마 시의 부흥계획으로 여기에 새 도로를 놓게 됐어.
얼른 퇴거해 줘야 해.

함부로 말하지 마. 우린 여기서 살 거야.

평화도시 건설을 위해선 어쩔 수 없어.

시끄러. 절대 물러나지 않을 거야.
이 집은 돌아가신 엄마랑 죽을힘을 다해서 지은 집이야.

너희들이 아무리 안 나가고 발버둥쳐도 강제집행 하게 될 거야.
형들이 돌아오면 얼른 퇴거 하란다고 전해줘.
비, 빌어먹을,

너희가 무슨 짓을 하는 거야?
시청이 대체 뭐 하는 데야? 비까로 모든 걸 잃은 시민들을 도와줘야 할 거 아냐!

그런데 거꾸로 시민을 못 살게 굴어?!

공무원이란 것들이 제멋대로 결정하고는,
우리가 곤경에 빠지는 건 알 바 없다는 거야, 뭐야?

저 자식, 되게 건방지네.
의회서 결정한 법률은 바로 시행해야 하는 거 알기나 해? 좋게 말할 때 얼른 퇴거해.
시끄러!

이놈들아, 우리 집에 손 대기만 해봐. 죽여버릴 거야.
빌어먹을, 공무원이랍시고 명령만 할 거면 두 번 다시 오지 마.

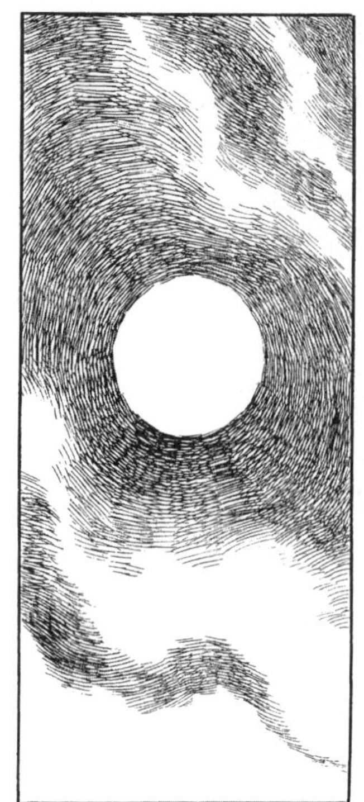

그러니까 이 집이 한 달 후에…

우리 스스로의 힘으로 죽을힘을 다해 살고 있는데…
우리가 비까로 모든 걸 잃었어도… 시에선 고구마 하나, 셔츠 한 장 주지 않았어.

비까 맞은 우릴 이중 삼중으로 괴롭히는 거지… 우리더러 어떻게 살라고…
이번엔 집까지 빼앗아간다고…

형, 난 끝까지 싸울래. 울기만 하는 건 싫어.

이러쿵 저러쿵 명분만 내세워 밀어 부치는 법이 어딨어?
정말로 어려움에 처한 약한 사람들을 살리는 게 정치고 행정이잖아.

학교에서 배우는 평화헌법이란 게 누굴 위해 있는 거야?
다 거짓이잖아.

하여튼 내가 시청에 가서 자세히 알아볼게…

치지지

……
……
……
……
……
……

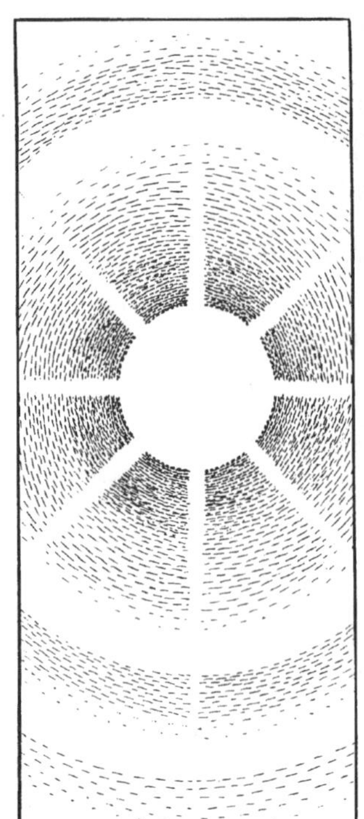

이제부터 불법 건축물을 강제 철거 하겠습니다.

시작.

빠 빠
지직 지직

그만해— 제발— 우리가 세운 집이야. 헐지 마아—
시청 악마 들아—
빠 직 를
탕 탕

아줌마, 평화도시 건설을 위한 겁니다. 물러서 주십시오—
안 돼—
안 돼—
깡깡
빠직 빠직 빠직
쾅쾅
깡깡

흑흑흑, 이 빌어 먹을 시청 악마 들아— 인정사정 없는 놈들아—

……
……
쾅 깡깡

빌어먹을, 우리 집도 저런 식으로 당한단 말인가…

빌어 먹을, 빌어 먹을
약한 자들은 언제까지 울어야 하는 거야?!

민주주의니 뭐니 하면서 무조건 다수결로 결정하면 뭐든 괜찮다는 거야, 뭐야?
열 명 중 아홉 명이 찬성하고 한 사람만 반대하더라도 그 한 명의 의견을 잘 듣고 신중하게 생각하는 게 진정한 민주주의 아니냔 말야.

다수결이라는 게 틀려먹었어.

야, 가추코, 뭘 하는 거야? 여기 앉아서?
겐.

……
……

겐, 난 너무 불쌍해서 못 보겠어.
무슨 일 있어…?

그동안은 전신 마취를 해서 수술했으니 그래도 통증은 없었겠지만,

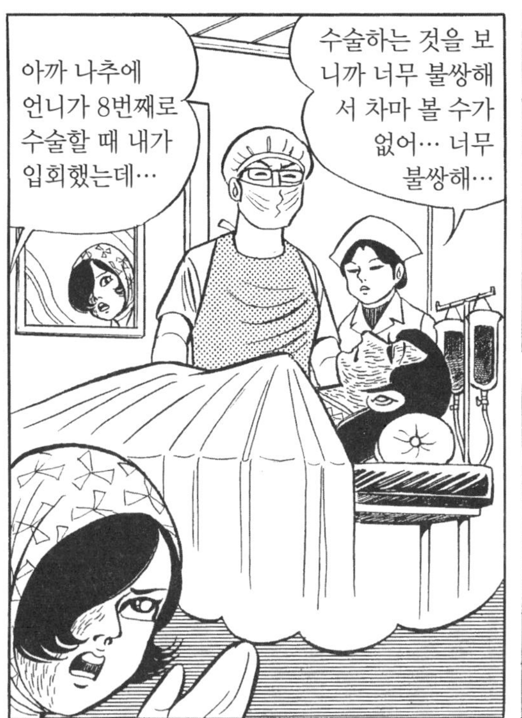

아까 나추에 언니가 8번째로 수술할 때 내가 입회했는데…
수술하는 것을 보니까 너무 불쌍해서 차마 볼 수가 없어… 너무 불쌍해…

몇번씩 반복해서 수술해도 맹장 수술한 자리가 아물지 않고 고름이 생기더니

이번엔 엎친 데 덮친 격으로 마취도 되지 않았어.
그래서 어쩔 수 없이 마취 없이 수술을 했는데…

상처에 가제를 대고 고름을 짜내는데 아파서 죽으려고 하더라구.

언니가 아파서 지르는 비명소리를 들으니 너무 괴로워서…
으아아악

겐, 비까 방사능이 언니 몸의
혈액에서 백혈구를 빼앗아가서
아무리 수술을 해도 상처가
아물지 않는대.

그냥 내버려두면
상처가 썩어서
고름이 몸 안을
돌다가 목숨을 위
태롭게 하고,

그래서 수
술을 하지
않을 수도
없고…

마취 없이 수술을
하자니 너무 고통
스럽고…

언닌 지옥 속에서
발버둥치고 있는
거야.

겐… 언니를 빨리 편하게
해줄 수 없을까? 상처가
빨리 나아야 할 텐데…

맹장염은 바로 나을 거라고
안심했었는데 이렇게
고생할 줄이야…

비까란 놈은 언제까지 우리를 괴롭히려는 거야!
에이씨, 속 터져. 어떻게 하지?

내가 나추에 언니 대신 아플 수 있으면 그렇게 해주고 싶어.
너무 불쌍해서 죽겠어.

정말이야, 대신할 수 있다면 나도 해주고 싶어.

……
……

가추코, 나도 류타하고 누나한테 문병 갔다 올게…
기운 내라고 위로해 줘야겠어.

류타는 시장 근처에서 장사하고 있지?
응.

그럼, 잘 가.
안녕.

너희들 마침 잘 왔어. 큰일났어.
왜요?

나추에 씨가 병원에서 나가 버렸어.
지금 막 찾는 중이야.

누나가 병원에서 나가버렸다고?
그런 몸으로 돌아다니면 죽게 돼. 너희도 빨리 찾아봐.

혀, 형, 큰일났네.
누난 도대체 어디로 갔지?

빨리 찾지 않으면 누나가 죽어.

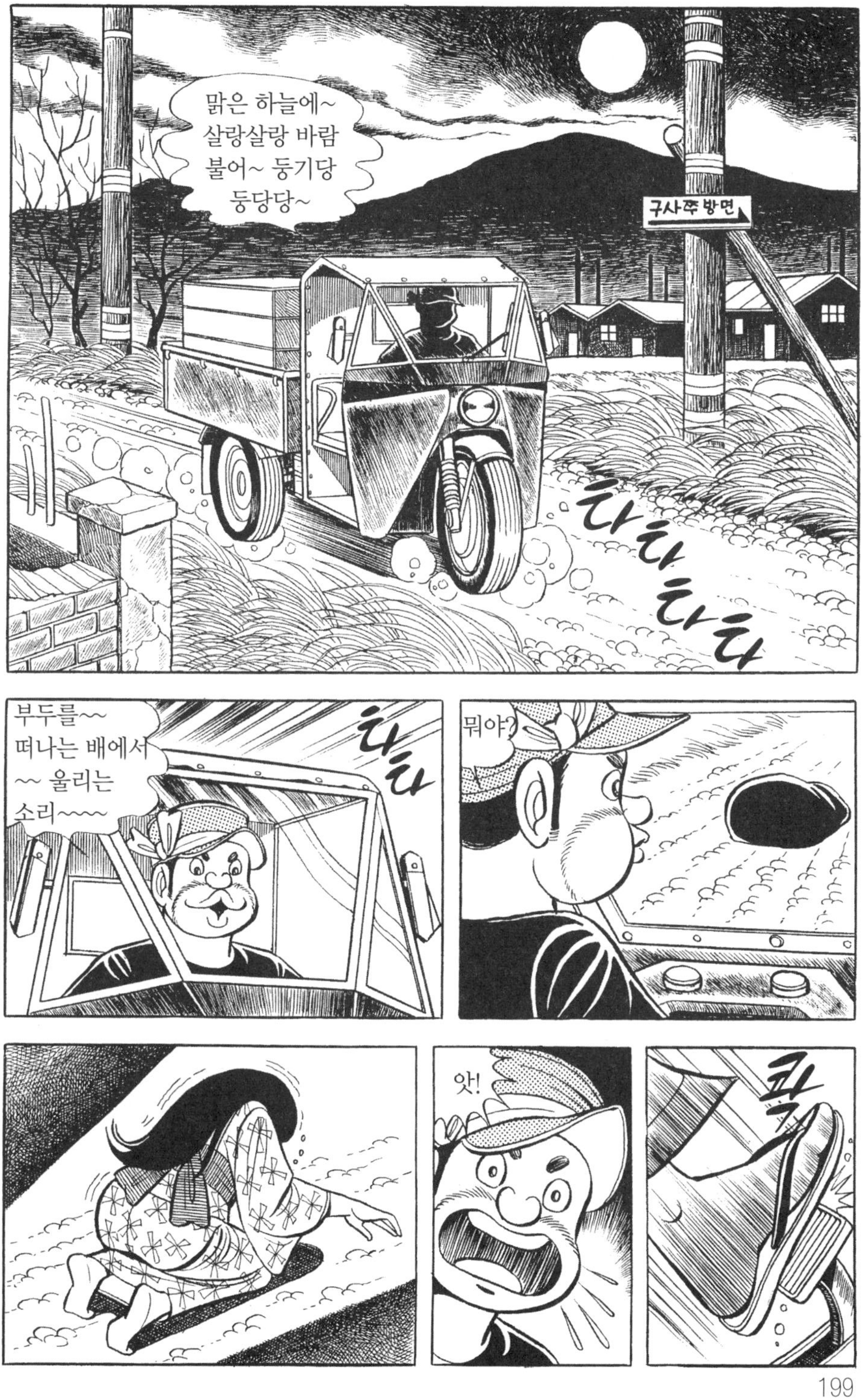

맑은 하늘에~
살랑살랑 바람
불어~ 둥기당
둥당당~
구사쪽 방면
타타
타타

부두를~
떠나는 배에서
~ 울리는
소리~
타타

뭐야?

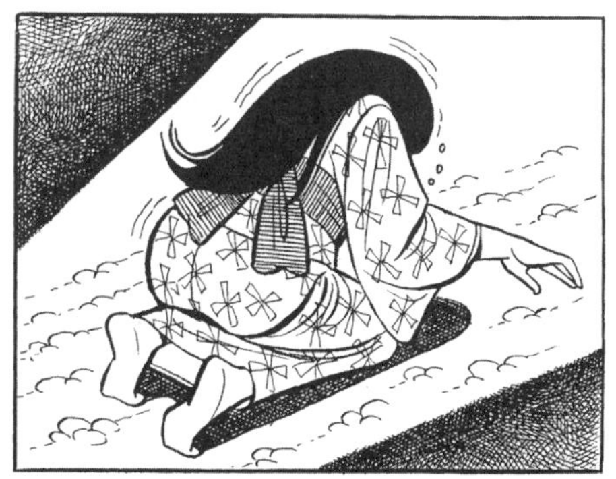

앗!

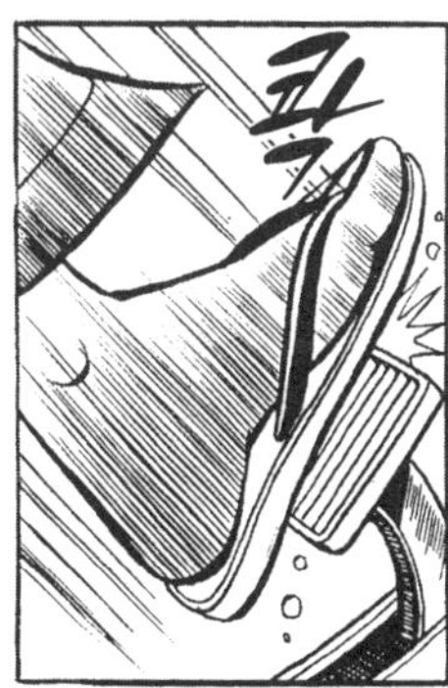

쾩

으앗
으악

야, 임마, 무슨 짓이야?
도로 한복판을 막고 있으면 어떡해?

하악 하악.

어휴, 놀랬잖아. 하마터면 치일 뻔했잖아.

제발 부탁입니다. 저… 저를 이쭈까이찌까지 데려다 주세요.
제발 부탁입니다… 어떤 일이 있어도 가야 해요… 하악…

너, 어디 아픈 거 아냐?

부탁입니다. 절 이쭈까이찌까지 데려다 주세요…
정 그렇다면 돌아가는 길이니까 되긴 된다만…

괜찮을까? 도중에 문제 일으키지 마.
네에…

타타타타

하아 하아.
너, 무슨 사연이 있나 보구나.

아, 아무것도 없어요.
그래?

타타타

앗, 여기서 내릴게요…
여기냐?

너, 무슨 사연이 있나
끼이익

하악
하악.

비틀
비틀

아가씨가
좀 이상
하네.

하악
하악.

누구 없어요? 여보세요—
탕 탕 탕 탕

탕 탕 탕

대체 무슨 일이야?
하악 하악… 부탁이 있습니다. 제 부탁을 제발 들어주세요…?

누가 뭔 일로 자꾸 불러?
뜨륵뜨륵

제 맘에 드는 항아리를 요…
어쨌든 전 항아리를 만들고 싶어요.

느닷없이 나타나서 영문 모를 말만 하니, 원.
제발 부탁입니다….

아가씨가 항아리를…? 대체 무슨 일로?
제가 항아리를 만들 수 있게 도와줘요…

하악하악. 부탁드립니다…
제발 부탁입니다…

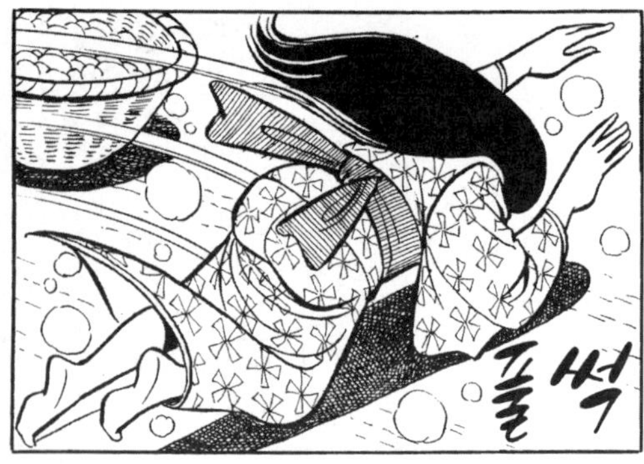

풀썩

이 이봐. 아가씨! 이걸 어쩜담.

여보— 여보—
무슨 일이에요?

뭐가 뭔지 모르겠네. 느닷없이 나타나서는 쓰러졌어.

부… 부탁입니다. 저한테 항아리를…

아, 아가씨, 정신차려.
으으으.

치지지

……

온 동네를 다 찾아 다녔더니 다리가 아파 죽겠어.
누난 어디로 사라져버린 거야?
……
……

주먹밥, 넌 뭐 좀 알아냈어?

너도 못 찾았구나…

언니가 왜 병원을 뛰쳐나갔을까?
알다가도 모를 일이네.

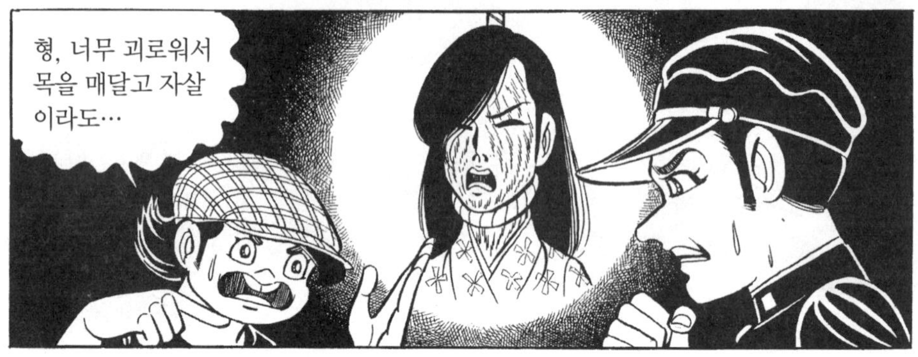

형, 너무 괴로워서 목을 매달고 자살이라도…

아니야!
히잇.

류타, 한번 더 그런 소리하면 가만 안 둔다!

누난 절대 자살 안 해.
내가 그렇겐 절대 못하게 할 거야.

나추에 누난 바로 비까에 희생된 우리 에이코 누나나 다름없어.

상냥하던 에이코 누나랑 너무 닮았어…
그런 누나니깐 언제까지라도 우리와 함께 살아 있어야 하는 거야.

임마, 그런 기분 나쁜 얘긴 말할 생각도 마.
형, 미안, 미안.

아무쪼록 빨리 찾아내야 해. 빨리 말야…

난 내일부터는 히로시마 시내를 샅샅이 뒤질 거야.

형, 학교는 어쩌려고…
학교가 대수야? 누나의 목숨을 살려내는 일이 무엇보다 중요한 일이지.

마음만 있으면 공부는 언제든지 할 수 있어.

누나, 절대 죽으면 안 돼…
죽으면 내가 절대 용서 안 할 거야… 용서 안 해…

쩨르릉
쩨르릉
뽀로로로롱
뽀로로로롱

응급처치는 했습니다만 빨리 병원으로 데려 가는 게 좋겠습니다.
선생님, 미안합니다.

그런데 곤란하게 됐네요. 어느 집 아가씨인지도 모르는 불청객을 맞다니, 원…

귀찮게 됐군.
……
……

여보, 경찰에 신고하고 올게.
다… 당신, 잠깐만요.

전 이 아가씨를 보니까 유끼꼬가 돌아온 것 같아요…
유끼꼬…

우리 외동딸이 비까로 죽지만 않았다면 이 아가씨만한 나이가 됐을 거예요.

……
……

여보… 난 아직도 후회가 돼요. 그러지 말았어야 했는데…

원폭이 떨어진 그날, 유끼꼬는 학교에서 히로시마 시내로 근로 봉사하러 가는 걸 꺼렸어요…
몸이 너무 아파서 그 날은 쉬고 싶다고…

난 게으름 피우면 안 된다고 야단쳐서 억지로 보냈어요…

비까를 맞지도 않았을 테고…
그때 쉬게 했더라면 유끼꼬는 죽지 않았을 텐데.

난 매일 그 일이 후회 돼요…
너무 원통해서…

……
……

당신하고 미친 듯이 찾아다녔죠… 비까로 폐허가 된 남은 시내를…

어디선가 고통스러워하며 우리가 찾으러 오길 기다리고 있을 거 같아서 히로시마 곳곳을 찾아다녔어…

찾다 찾다
못 찾고,

하다못해
시체만이라도
찾자고…

그 수많은
시체를 뒤집
어보며 찾아
다녔지만…

시체조차 못
찾고 말았어…

그때부터 5년 동안… 유끼꼬가 없는 우리 집은 불이 꺼진 집처럼 쓸쓸해졌어요.
명랑한 애였는데…

그 애가 없어진 뒤 우리에게 얼마나 큰 존재였는지 알았어요…
……
……

유끼꼬가 살아 있으면 지금쯤은 시집가서 애를 낳았을 텐데 하고 생각하면…

우리도 손자를 보는 낙에 하루하루 살 텐데…
그만해. 푸념하지 마.

그래도 유끼꼬 또래 애들을 보면 유끼꼬 생각이 나서…

이 애도 비까를 맞았나 봐요.

여보, 난 애를 유끼꼬가 돌아온 거라고 생각하고
돌봐주고 싶어요.
……
……

당신이 하고 싶은 대로 해…
여보.
유끼꼬의 영혼을 위로하는 셈치고 돌봐 주는 것도 좋을 것 같아요.

그 애가 없으니까 정말이지 너무 쓸쓸하고 허전해…
유끼꼬가 살아 있을 땐 너무 시끄러워서 성가시다는 생각도 했는데…
……
……

항아리를 만들고 싶어요…
ㅇㅇㅇ, 제게… 항아리를…

무슨 사연이 있나 봐요.
근데 이상한 말만 하는데… 어째서 항아리를 만들고 싶어할까…?

ㅇㅇㅇ, 항아릴… 항아릴…

자아~ 자— 눈으로 보고 만져도 보고요. 올 가을 신제품이요~~
십전상회
재봉틀
재봉
재봉틀
미망인 살롱 도원
자아~ 입어 보시고 사가 세요~~오~
이 옷을 입기만 하면 그 어떤 호박 이라도 어머~~~하는 동안에 절세 미인으로 대변신해요~~
예비은행
안전제일
406

거기 가는 호박 아줌마, 옷을 사 가세요~
아줌마같이 못생긴 분을 위한 옷이에요~
아, 사시려고요? 감사합니—
뚝 각 뚝 각

얼굴 내밀어.
왜? 아줌마가 돈을 내야지?

좋게 말할 때 내밀어.
좀 이상하네.

네네.

콰

깍
으악
깍
머저리는 맞아야 돼.

크아하하하, 아줌마 보고 호박 호박 하니까 얻어맞지.
아구구구, 빌어먹을, 전쟁이 끝나고 여자와 양말이 세졌다는데 진짠가 봐.

제기랄, 재수없게시리 오늘따라 장사가 왜 이 모양이야?
요즘 경기가 좋아졌다던데 이게 뭐야…?

어이그, 속상해. 히로시마 카프도 지고만 있지.
생각할수록 속 터지네. 되는 것도 없고…

아이고— 살 맛 안 나— 너무 비통해—

난리 났군. 저놈의 카프 미치광이가 도졌네.
저 녀석은 카프가 지기만 하면 때와 장소를 가리지 않고 난리야…

낄낄낄낄
아저씨, 날 비웃는 거야, 뭐야?

아싸— 풍어야—
어허야— 띄워라—
띄워— 풍어를
축하하세—
뭘 축하한다는
거야? 난 기분
나빠 죽겠는데.
또 시작
이다.

뭐 땜에
웃는 거
예요?
이걸 기뻐
하지 않을
수 있겠냐?

이걸 봐
봐…
뭔데
요?

히야, 굉장해…
멸치가 한 가득
있잖아!
이렇게 싱싱한 건
횟감이나 튀기면
아주 맛있어.
이걸 가져가서
잔치를 벌일 거야.
그러니 즐겁지
않겠냐?

아저씨, 어디서 낚았어요?
이쭈까이찌야.

이쭈까이찌 바닷가로 가봐.
요놈들이 너무 많아서 그물 없이 손으로도 잡는다니까.

정말로요?
그렇다니까. 난 우연히 지나가다가 잡았지.

이쭈까이찌라
원
아싸— 풍어라네— 아싸— 축하하세—

주먹밥, 장사는 끝이야. 멸치 잡으러 이쭈까이찌로 가자.
기분풀러 가야지. 멸치회하고 멸치튀김으로 우리도 잔치하자.
그래, 그래. 그게 좋겠다고 모두 다 그랬어.
음

네놈은 먹는 일이라면 눈빛부터 반짝반짝 해지는구나.
시끄러. 난 맛있는 걸 먹기 위해서 태어났단 말야.

이쭈까이찌까지는 너무 멀어서 난 가기 싫어.
임마, 기막히게 맛있는 멸치회하고 멸치튀김이야. 넌 진짜 먹고 싶지 않아?

자식, 후회 하지 마.
흥, 먹보 는 바보 지롱— 메롱.

류타, 너 혼자 가.
임마, 잡아오고 난 뒤에 좀 달라고 울고불고 사 정해도 안 줄 테다.

아니?
대스교습

휴 우
……
……

……
……
이야— 형, 때 맞춰 잘 왔어. 이쭈까이찌로 가자.

정말이지 누난 어디로 갔을까?
형이랑 우리가 사방팔방으로 찾아봤는데…

그 표정을 보니 아직 누나를 못 찾은 모양이구 나?

형, 너무 그러다간 이번엔 형이 병들겠어.
기분전환도 할 겸 우리 이쭈까이찌로 가자. 멸치가 땅으로 기어올라온대.

회랑 튀김을 배터지게 먹고 다시 힘내자.

어쩌면 누나를 이쭈까이찌에서 찾을지도 모르잖아.

자아, 형, 가자가자.

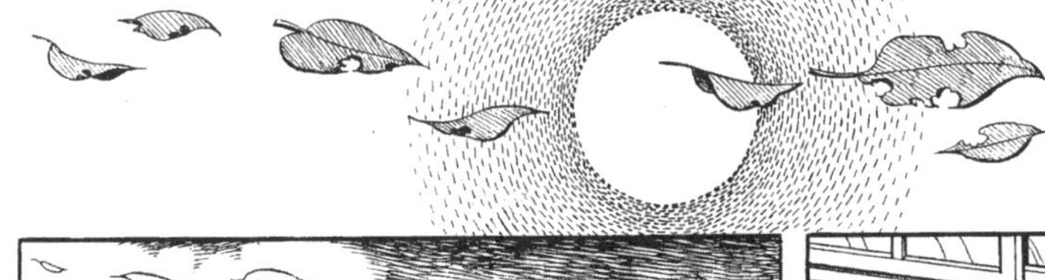

스르르ー

애야,

왜 일어났어? 누워 있어야지. 그러다가 상처가 터져 병이 도지면 어쩌려구 그래?
전 괜찮아요…

아저씨, 제발 부탁이에요. 저한테 항아리 만드는 방법을 가르쳐주세요.

근데 왜 꼭 지금이어야 한다는 거냐?
상처가 아물어 병이 나아진 후라면 몰라도…

이 일을 어쩐 담…
전 빨리 만들고 싶어서 그래요. 부탁드려요.

어째서 그토록 항아릴 만들려는 거냐?

……
……

……
……
말 못 할 사정이 있는 것 같다만 무리하면 안 돼.

저, 정말이에요? 고맙습니다.
좋아. 가르쳐 줄게, 어디 해 보자꾸나.

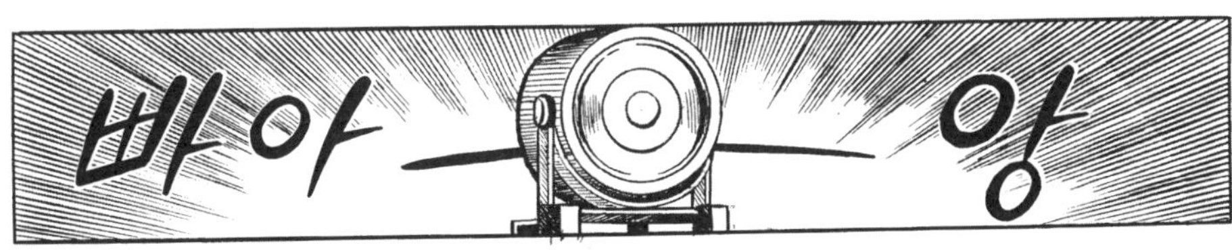
빠아 ─ 앙

빨리 달려라─ 느림보 기차야─ 빨리 안 달리면 바퀴를 훔쳐서 팔아버릴 테다~~
빨리 튀김을 배불리 먹고 싶다─아.
빨리 회를 배불리 먹고 싶다─아.

멸치회— 만세—
멸치튀김 만세—

사랑해, 사랑해, 멸치회를 사랑해.
멸치튀김도 사랑해.
키킥 킥.
키득 키득.

류타야, 얌전히 좀 있어. 창피해 죽겠어.
넌 생각하는 게 있으면 분위기 파악도 못하는 게 문제야.
시끄러— 상관마.

이번 역은 이쭈까이찌~ 이쭈까이찌~

야호, 잘 오셨어요. 대통령니~임.
오잉?

차장님은 대통령보다 더 위대해요.
차장님은 히로시마 전철의 사장님이 될 거예요.
뭔 소리야? 미친 놈…

멸치회님— 멸치튀김님— 이재 곧 갈게요—오.
말이 안 통해…

시끌
시끌.
와글
와글.
쏴아
쏴아쏴아—
쏴아—

헤헤.

크아하,
잡고 있
다—
형, 우리도
빨리 잡자!

으랏차, 잡아
랏— 자지님의
털을— 사타구
니 연대장의—
멸치를 향해
돌격—
돌격—

크아하하,
있다. 있어.
득실거려!
어째서 이럴까?
지진이라도 일어
나는 거 아냐?

그런 거 알게 뭐
야? 빨리 잡기나
해. 빨리.

뾰악

크아하하,
굉장하다,
굉장해.

하아
하아.
아줌마도 많이 잡
았네요. 근데 너무
욕심내면 다쳐요.
임마,
쓸데없는
소리 마.

하아
하아.

멸치회
님 만
세—에.
멸치
튀김님
만세—에.

크아하
하하.
하앗
하하
하.

그러게 말야.
크아하하, 형,
금방 꽉 차네.

전국에 계신
여러분——
류타는 너무
행복합니다.
형, 빨리 갖고
가서 먹자.

아야
ー

으으—
아이구—
아파라
왜 그러
세요,
아줌마?

크아하하, 거
봐요. 너무
욕심 내니까
그렇죠.
으으윽,
허리를 삔
것 같아.

괜찮아요?
제가 들어다
줄게요.
으으
윽.

넌 친절한 애로구나.
너하고는 다르게 저 애는 왜 저렇게 얄밉니. 미운 말만 하고… 죽어서 좋은 데 가긴 틀렸어…

시끄러— 참견 마.
끄아 하하.

자, 가요. 괜찮으세요?
아이고, 고맙다.

젠장, 형은 남 일에 또 참견이야, 맘대로 해. 맘대로.
류타, 투덜거리지 마.

하아 하아.

여기야.
그래요?

정말로 미안하구 고맙다…
괜찮아요. 신경 쓰지 마세요.

수고해줬으니까 과자라도 먹고 가렴… 안으로 들어와.
네네, 먹는 거라면 뭐든지 다 좋죠.

넌 아냐. 거기 있어.
구두쇠처럼 그러지 말아요~~~

아줌마, 이 류타는 정말은 아~주 좋은 앱니다. 제발 알아 주세요.

앗?

아니?

하아 하아.

누, 누나!
어떻게 여기에 있는 거야?
겐…
류타…

우리가 얼마나 찾았는지 알기나 해?
그래.

너희들은 이 아가씨하고 아는 사이였구나.

누나, 빨리 병원으로 돌아가자.
그래, 빨리 안 돌아가면 죽어.

시, 싫어, 난 병원 같은 데로는 안 돌아가.
왜 그래?

난 항아리를 만들 때까지는 절대 안 가.

바보, 멋대로 하지 맛.
윽.

우린 진짜 누나가 걱정인 거야. 알아 줘. 우리 마음.

그래, 너무 마음대로 하면 안 돼.
……
……

누나, 병원으로 돌아가자.
이런 데 있으면 죽게 된단 말야.

하지만 난 스스로 만족스런 항아리를 완성할 때까지 안 돌아가.

겐, 고마워… 류타도…
난 너무 기뻐. 너희 마음이…

항아리를 만들겠다니, 대체 무슨 항아리야…?
그게 뭐야?

부탁이야, 그냥 내가 항아리를 만들게 해줘.
완성되면 꼭 돌아갈게.

소용없어. 나도 몇번씩 항아리 만드는 이유를 물어봤는데 말을 안 하는구나.

……
……

대체 누나가 만족할 만한 항아리란 게 어떤 거야?
……
……

내, 내가 만들고 싶은 항아린…
누나, 말해. 그러지 않으면 내가 못하게 할 거야.

빨리 말 해봐.
답답해 미치겠네. 이유라도 알아야 할 거 아냐. 목숨이 달려 있는데 말야.

내가 좋아하는 겐이랑 류타랑 가추코랑 주먹밥의 얼굴도 있는…
비까로 돌아가신 아빠하고 엄마가 웃고 있고…

그리고?
아름다운 새들이 날아가고
항아리 표면에 예쁜 꽃들을 가득 그리고

천국에나 가야 찾을 수 있는
부드럽고 따뜻하고 평화로운 그런 항아리를 만들고 싶어.

우와— 굉장히 어려운 항아리네—
그런 항아리를…
……
……

그런 항아리를 만들어서 어쩌려고?
그러게.

내가 그 항아리 속에 들어갈 거야.
뭐라구? 누나가?!

누나가 들어갈 항아리라면 되게 크겠네?
작은 항아리면 돼…

크아하하, 그럼 요술쟁이가 된다는 소리잖아?
작은 항아리에 어떻게 들어가?

들어 갈 수 있어.
어떻게…

뼈가 돼서 들어가면…

뭐라구! 뼈가 되어서?

그, 그럼 납골용 항아리란 소리야?!
누난 자신의 납골용 항아리를 만들고 있단 말이야?
내가 죽어 화장하고 나면… 내 뼈를 저 항아리에 넣어줘.

그만 좀 해. 누난 죽은 게 아니잖아.
죽은 뒤의 일을 걱정하긴 일러.

바보 같은 말하지 마.
그래.
……
……

겐, 난 알아.
죽음이 다가오
고 있다는 걸.
난 이제
오래 못 살
아…

바보 같은 말하지
마. 살아야지.
살아서 해야 할
일도 많잖아.
죽는 건
생각하지
마.

조금만 더 힘내면
가추코랑 같이 양장점도
낼 수 있을 거 아냐?
울새 양장점
울새 양장

다 같이 일본 전국을
여행하자고 한 거
잊었어? 나추에 누나.

흑흑흑, 겐,
난 이제 됐
어…
됐다
구…

바보, 바보, 또
다시 죽음의 신
이 씌인 거야?
정신 바싹
차려.
그래.

겐, 죽은 뒤 만큼은
편안하게 푹 쉴 수 있는 그런 곳에 내 뼈를 묻어 주었으면 해.

그만해. 그만 하라구. 그런 말하지 마.
하지 마.

난 비까로 희생된 수많은 사람들이 돌멩이처럼 버려 지는 걸 봐왔어…

몸서리치게 무시무시한 곳 에 내 뼈가 버려질 거란 생 각은 하기만 해도 무서워… 무서워서 참을 수가 없어.

겐, 부탁이야. 내가 만족스러워
하는 납골항아리에다 내 뼈를
넣고 조용한 산중에 묻어줘.

절대 저렇게, 저런
곳에 내가 버려지기
싫어—
으으윽,
안 돼,
안 돼.

누날 이렇게
괴롭히고 있는
비까 놈…
흑흑흑, 너무
너무 분통이
터져…

누 누
나…
이번만큼은 내가
안심하고 잠들
수 있게 해줘.

흑흑흑, 알았어…
누나가 원하는
대로 할게…

……
……
그랬
구나.

누나에게 달라붙은
죽음의 신을 내가 꼭
쫓아낼 거야.

하지만 난 누날
절대 죽게
하지는 않겠어.
오래 살아서, 진짜
행복하게 오래 살게
할 거야.

내 마음을
똑똑히 기억해
둬요.
알았지? 누나,
절대 잊지 마.

겐, 고맙다.
고마워.

흑흑
흑,
겐…

빌어먹을, 죽음의 신
비까 놈아, 이리 나와.
내 주먹맛 좀 봐라.

그래, 나와라. 이
류타 님께서 갈기
갈기 찢어서 누더기
로 만들어주마.

어서
나오라
니깐!

야, 이
비까
놈아.
더럽고
치사한 비까
놈아,
죽음의 신 비까놈아,
죽어랏. 죽어. 영원히
죽어라.

형, 누난 정말로
죽는 걸까…?
……
……

류타야,
견딜 수
가 없
어…
비까놈이 나한테 소중한
사람을 실컷 괴롭히다가
데려간다고 생각하면…

정말 마음
이 무거워.
잔뜩 먹을 기대에
부풀었던 멸치회도
튀김도 입맛이
싹 가셨어.

누나, 꼭
살아남아
야 해.
끝까지 끝까지
살아남아야
해…

성병과
가정부모집
밀크빵
토지
빵
저 어여쁜 갈보년이~~
끼끼 끼끼.

이놈의 빌어먹을 세상.

......
우동
모밀
오뎅
꼬치
구이

제 길―
오뎅
모밀

고오지 형!
딸꾹, 겐이냐…?

잔뜩 취했네. 무슨 일 있어?

무슨 일 이야?
흥, 기분이 개떡 같아서 안 마시곤 못 배기겠어.

우리 집을 어떻게든 헐지 말아달라고 사정했는데…
겐, 내가 오늘 시청에 갔다 왔거든.

공무원이라는 작자들이 뭐라는지 아니?

형, 뭐라 고 했는 데?
너무 화가 나서 그놈을 갈기갈기 찢어 죽이고 싶었어.

집이 헐려서 어떤 곤경에 처하든 알 바 없으니 기일 내로 얼른 나가기나 하래.
나보고 내가 말하는 건 이 일본에선 안 통하니 미국이나 가서 하래.

으으, 열 받어…
전쟁과 비까로
가진 걸 몽땅
잃고…
겨우겨우 살 집을
마련해서 새출발
을 다짐하며 살고
있는데,

이번엔 평화도시
건설이니 어쩌니
명분을 앞세워서
다짜고짜로
사는 집까지
앗아가려고
하니…

우린 도대체
어떻게 살란
말야?
살 곳도
없는
우리는…

빌어먹을, 언제나
힘없는 사람만 희생
시키면서 뭐가 평화
건설이야.
평화니 어쩌니
하는 말 아래
비까를 맞은
우리만 신음
하고 있잖아.

그 평화건설을 위한 토지
몰수로 벼락부자가 된
놈도 있단다.
아저씨,
그게 무슨
말씀이죠?

비까로 일가족이 다
죽고 소유자가 없어진
집들이 수두룩하단다.
그래
서요?

그런 땅을 제멋대로 자기
땅이라고 등기해서 비싸
게 팔고 있다는 거야.
정치가랑
한패가 돼
서 말야.

약아빠진 놈들
은 원폭 덕에
횡재하는 거지.
따앙!

너희처럼 집을
헐린 사람이
있는가 하면…
돈벼락을 맞은
사람도 있어.

어느 시대나
정직한 사람은
바보가 되는
거지.
나도 그
중 하나
지만…

나도 의사가 원폭병
이라고 일하지 말래.
일하면 죽는다면서.
하지만 일을 안 하면
먹고살 수가 있어야지.
비까 맞으면 진짜
지옥이야.

빌어
먹을.

사까

벌컥
벌컥
야, 학생이
뭔 짓이야.

냅둬요— 이
거라도 마시
지 않으면 못
참아—
소

오늘 속이 다 타는 거 같단 말야.

벌 벌 벌 벌
꺽 꺽 꺽 꺽
겐, 이러지 마.

꺼어—

겐, 괜찮아?
형, 정신 바싹 차려야 해. 불만스럽다고 투덜거리기만 하면 소용없어. 항의해야 해. 항의 말야.

부지런하고 정직한 사람이 울어야만 하는 세상은 틀려먹었어.
약아빠진 악당놈들이 떵떵거리며 사는 세상은 다 때려부숴야 해. 그런 놈들이 전쟁을 일으켜서 제 뱃속만 챙기잖아.

똥을 누다가
주저앉아서~
아구구~
아구구~

망할 놈의
악당들아—
뒈져버려라—
휘이~

겐,
괜찮
아?

내가
어때서
딸국~

못 말릴 녀석
이야. 잔뜩
취해서는…

아니!

히로
꼬?

고오지 씨,
좀 얘기할
게 있어
요…

띠요
옹~ 미인
이네.

고오지 형
애인이야?

히야— 얼굴이
빨개졌네, 홍당무
처럼. 그런 일로
수줍어하긴—

히로꼬,
무슨
얘기지?
네, 좀
걸으면서.

에헤헤헤, 우리 형
한테 언제 저런
예쁜 애인이
생긴 거야…

히로꼬, 사랑해.
지구의 무게만큼
많이 많이 사랑
해.
어머, 너무 기뻐요.
이런 얘기나 주고
받고 있겠지…
끄아하, 좋겠네…

고오지 형도 빨리
행복해져야 해.
너무 고
생만 하
고 있으
니까.

근데 잘하고
있을까…?
좀 걱정되
네.
슬쩍 가
서 보고
올까…

살금
살금

고오지 씨가 결혼할
의사는 없으면서
그저 절 데리고 노는
거 같대요.
언제까지
고오지 씨랑
애매하게 교제를
할 거냐고요.

하지만 결혼은
2년만 더
기다려 줘.
히로꼬 마음
은 충분히
알아.
고오지 씨,
그게 힘들다구요.
저희 부모님께서
하도 성화셔서…

이제 고오지 씨랑
헤어지고 선봐서
얼른 결혼하래요.
제게 맞선이
많이 들어
오고 있어요.

장남인 내가
돌봐줘야
하잖아.
그 애들이 완전
히 자립해서 혼
자 살 수 있을
때까진

하지만 내겐
동생이 둘
있어.
할 수만 있다면
난 당장이라도
히로꼬랑 결혼
하고 싶어.

난 동생들을
버릴 수 없는
처지야.
둘이서 아파트
를 빌려서 결혼
하자고 하지만

……
……
게다가 히로꼬는 동생
들하고 같이 못 산다고
하고…

……
……

2년만 있으면 겐이 중학교를
졸업해. 그때까지만 기다려
줘. 히로꼬…
호으흑, 관둬
요. 난 2년씩
기다리지 못
해요…

내가 형에게
부담이 되고
있었어…
그 그랬
구나.

형,
미안
해.
나 땜에 결
혼도 못하
고…

남의 사랑을 방해
하는 위인은 말굽
에 채여 죽는다던
데…
난 철부지처럼
형의 앞길을 막고
있었어…

안 돼, 안 돼.
그래선 안 돼…

치
지
지
지

그래… 이 집이 결국 헐릴 거란 말이지…
……

……
……
……

비까로 타버린 이 땅에 돌아가신 엄마하고 하나씩 둘씩 재목을 주어다 땀흘려 지은 이 집이…

엄마하고의 추억이 스며 있는 이 집이 없어진다니… 이렇게 억울할 수가…

아키라, 겐, 앞으로 어떻게 해야 할까…
……

뭔데…?
마침 좋은 기회야… 난 이전부터 생각해 오던 게 있어…

뭐라구? 오사까?
난 오사까로 갈래.

오사까는 상업 도시야.
난 오사까에서 상인으로서 확실히 배워야겠어.

히로시마에서만 살다 간 우물 안 개구리가 되고 말아…

일본 방방곡곡 다 돌아다니며 여러 사람을 보고, 눈을 크게 뜨고 넓게 보는 사람이 될래.
그담에 세계를 상대로 무역을 하는 그런 대상인이 될 거야.

전쟁을 일으키고 무기를 생산해서 인간의 목숨으로 제 배만을 채우는 죽음의 상인 말고,
전세계에 평화를 파는 상인이 될 거야.

비까로 돌아가신 아빠가 항상 말씀하셨잖아…

자원이 없는 일본은 전세계 사람들과 진실한 마음을 가지고 무역을 하는 게 살 길이야.
무력으로 남의 나라 자원을 빼앗으면 반드시 무력으로 당하게 돼 있어. 그렇게 되면 많은 사람들이 전쟁으로 죽게 되고 말아.

전쟁은 자기 혼자만 잘 살면 된다는 죽음의 상인들이 일으키는 거야…

그대로 됐어. 일본 열도가 폐허가 되었고…
히로시마에도 원폭이 떨어졌어…

난 꼭 될 거야. 평화를 파는 상인이…
아빠의 죽음을 헛되게 해선 안 돼…

그래서 넌 오사까로 가겠다구?
지금 일하는 가게에 오사까에서 출장 온 분이 있는데, 그 분이 나더러 언제든지 오라고 그러셔.

아키라 형, 오사까로 가서 잘해!
그래.

그리고 고오지 형, 내 부탁 들어 줄래?
뭔데…?

내 걱정은 말고
히로꼬 씨랑
결혼해…
너… 너
듣고 있었
구나…

앞으론 고오지 형
의 발목을 붙잡는
일은 절대 안 할
거라구…
난 결심
했어.

걱정 마. 이 집이 헐리면
난 류타네 집에서 내 힘으로
살 수 있으니까…
넌 어쩌려
고 그래?

형, 빨리 행복한
가정을 꾸려 줘.
이게 내 부탁이야.
겐…

세상에 무
서울 게 하
나도 없어.
난 원폭지옥의
밑바닥에서도
살아남은 사람
이야.

어떤 곤란이 닥쳐와도
헤쳐나갈 자신이
있어.
열심히
살아갈
거야.

우리 세 사람의 새 출발을
축복하는 의미에서 건배
하자. 좀 전에 잡아온
멸치를 안주로…
내가 술
사올게.

……
……

훌쩍.

해 수 욕 장
달의 집
달의 집

형들하고 많이 싸우기도 했는데.
괴롭고 힘든 일들도 많았지만 그게 다 즐거운 추억들이야.

역시 혼자가 된다는 건 외로운 것이구나. 형들하고 헤어지고 싶진 않지만…

이번엔 진짜 혼자가 되는 거야. 혼자야…
풍덩

훌쩍.

겐, 어리광부려선 안돼. 힘 내야지.
언젠가는 아빠도 엄마도 죽고 형들과도 헤어져 혼자서 가고 싶은 길을 가게 되는 거야.

겐, 보리를 기억
하렴… 추운 겨울
서릿발을 뚫고
싹이 트는
보리를.
사람들 발아래 몇 번이고
밟히면서도 땅에 뿌리를
단단히 박고, 찬서리
눈바람을 견디며 꼿꼿이
자라 탐스런 열매를
맺는 보리…

겐, 보리
같이 굳세
어야 한
다.
겐아, 어리광 부리
면 안 돼. 당당하
게 살아가야 해…
알겠지…

……
……

아빠, 엄마, 걱정
말아요. 자신있
게… 헤쳐나갈
게요.
난 열심히
살아남을 거야.
보란 듯이
살 거야.

하고 싶은
일이 너무
많아.
꼭 해낼
거야.

비까로 고아가 된
류타랑 주먹밥이랑
가추코에 비하면
그래도 난 행복해.
형제들과의
소중한 추억을
많이 가지고
있으니.

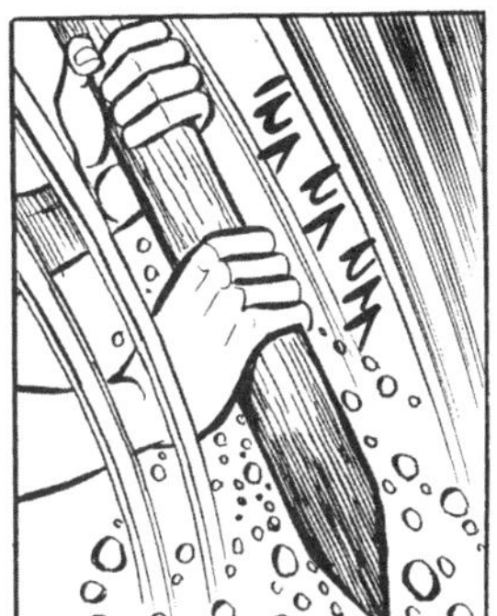
뚜벅뚜벅

드윽
쑤욱

드득
드득

자
립

자립
이야!
내가 정한
길을 따라서
자립하자.

레츠—
고—
앞으로
출발—

레츠—
고—
앞으로
출발.
레츠—
고—
앞으로
전진.
레츠—
고—
앞으로
나가자!

빠ー앙
D51156

덜커덩덜커덩
아키라 형, 잘 지내.
아키라, 힘내.

잘할게ー 걱정마.
아키라 혀ー엉, 안녕ー

고오지 형ー 잘 있어.
겐, 잘 있어ー

……
……
빠ー앙

아키란 평화를 파는 상인이 되고…
난 기술자가 되어서 평화를 위해 쓸 제품을 만들어 사람들에게 기쁨을 안겨줄 거야.

겐, 우리 세 형제 새출발 하는 거야.
응.

그랬구나. 형네 집이 헐리고… 형제들이 뿔뿔이 흩어지게 되었구나…
……
……

……
……
……

형에겐 미안하지만, 난 집이 헐리는 게 기뻐…
임마, 무슨 소리야.

오냐 오냐. 어려워 말고 가까이 오너라.
다들, 앞으로 잘 부탁드리는 바입니다.

류타, 주먹밥, 가추코.
정말이야.
앞으론 우리하고 같이 살 수 있게 됐잖아. 잘됐어.

마지막까지 저항할 거야. 두고 보란 말야.
하지만 난 그렇게 쉽게 우리 집이 헐리게 하지 않을 거야.

크아 하하
크아 하하.

형, 빨리 여기로 와. 기다릴게.
갈게.

두고 보라구. 우리 집이 쉽게 부서지는지.

한반도의 전쟁은 격화되고 전쟁의 공포는 계속 깊어만 갔다… 그 뿐인가! 원폭핵무기의 새로운 공포가 바야흐로 지구를 휩쓸기 시작하고 있었다. 이때가 바로 1950년 10월…
38도선상의 공방
한국전쟁특보

겐의 나이 13살, 그는 완전한 자립을 위한 행보를 시작했다.

▷ 9권에 계속…